정령의 펜던트

발렌 판타지 장편소설

ORIENTAL FANTASY STORY & ADVENTURE

dream
books
드림북스

정령의 펜던트 2 그날의 진실

초판 1쇄 인쇄 2019년 11월 15일
초판 1쇄 발행 2019년 12월 12일

지은이 발렌
발행인 오영배
편집 편집부
일러스트 보살
표지 · 본문 디자인 오정인
제작 조하늬

펴낸 곳 (주)삼양출판사 · 드림북스
주소 서울시 강북구 도봉로 173
대표 전화 02-980-2112 **팩스** 02-983-0660
편집부 전화 02-987-9393 **팩스** 02-980-2115
블로그 blog.naver.com/dreambookss
출판등록 1999년 3월 11일 제9-00046호

ⓒ 발렌, 2019

ISBN 979-11-283-9515-4 (04810) / 979-11-283-9513-0 (세트)

드림북스는 (주)삼양출판사의 판타지 · 무협 문학 브랜드입니다.

2
발렌 판타지 장편소설
ORIENTAL FANTASY STORY & ADVENTURE
그날의 진실
정령의 펜던트
dream
books
드림북스

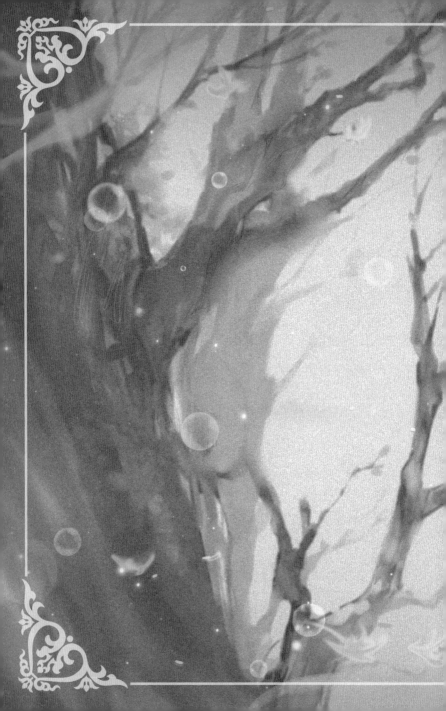

목차

Chapter 1.
란데르트 공작

1.

어스름한 달빛 아래 한 사내가 서 있었다. 사방 어디에도 발 디딜 곳 없는 천 길 낭떠러지의 끝. 보통 사람이라면 엄두도 내지 못할, 어떻게 올라갔는지 예측도 못 할 그런 곳에서 휘몰아치는 거센 바람에도 끄떡없이 오롯한 자세로 지상을 내려다보고 있다.

달빛에 반사되어 빛나는 머리칼은 은빛이었고, 서늘한 푸른색 눈동자엔 근심이 가득하다. 주름진 미간에서는 해결하지 못한 깊은 번뇌가 느껴졌다.

투둑.

그렇게 얼마나 있었을까. 조용하던 밤하늘에서 갑자기

비가 내리기 시작했다. 한두 방울 떨어지는가 싶더니 이내 무서운 기세로 바닥을 향해 곤두박질쳤다.

사내의 몸이 금세 빗물로 젖어 들었다. 옷가지와 머리카락이 얼굴과 몸에 흉하게 달라붙었다.

그럼에도 사내는 미동조차 없었다. 그를 움직이게 할 수 있는 건 그의 의지뿐이라는 듯 거친 바람과 빗살 앞에서도 꿋꿋했다.

그랬던 사내에게 변화가 인 것은 번쩍하며 하늘이 울린 순간이었다. 천둥 번개에 이어 땅 아래로 벼락이 내리꽂히자 사내의 눈썹이 꿈틀했다.

망설임 따위는 없었다. 굳은 듯 정지해 있던 그가 즉시 벼랑 아래로 몸을 던졌다. 죽기로 작정하지 않은 이상 벌일 수 없는 일이었다.

그런데 마땅히 벌어져야 할 일이 일어나지 않았다. 오히려 괴이한 장면이 펼쳐졌다. 사내가 절벽을 지반 삼아 밑을 향해 질주하고 있었던 것이다. 그것도 엄청난 속도로 말이다.

세상의 모든 물체는 위에서 아래로 떨어진다. 고로 사내역시 벼랑 아래로 추락해야 옳다. 한데 대체 이게 무슨 경우란 말인가.

놀라운 점은 또 있었다. 폭우로 인해 흠뻑 젖어 있던 몸이 어느새 바짝 말라 있다. 방금 전까지만 해도 분명 물에 들어갔다가 나온 사람처럼 온몸이 축축했는데, 옷이며 머리카락이며 물기 하나 없었다.

두려움이라곤 전혀 찾아볼 수 없는 얼굴이었고, 움직임은 몸에 밴 듯 자연스럽다.

신기하면서도 기이한 광경이 아닐 수 없다. 쏟아지는 빗속에서도 젖지 않고 절벽을 내달리는 사내라니. 인간이 아니라고 여기는 게 더욱 말이 될 것 같았다.

타핫!

지상을 십여 미터 남겨 두고 사내가 도약했다. 등에 보이지 않는 날개라도 단 듯 마치 한 마리의 새처럼 너무도 쉽게 허공을 날아 사뿐히 지면에 안착했다.

남들은 감히 흉내도 내지 못할 어마한 무위를 펼치고서도 사내는 호흡 하나 흐트러지지 않았다. 그의 머릿속엔 오로지 한 생각뿐이었다. 벼락이 내리꽂힌 곳을 향해 사내가 재차 달리기 시작했다.

2.

콰앙!

"커닝 집사님! 커닝 집사님!"

집사실의 문이 거칠게 열리며 한 소년이 뛰어 들어왔다. 옷이며 머리에서 물이 뚝뚝 떨어지는 것으로 보아 우비도 없이 밖에 나갔다가 온 모양이었다.

"무슨 일이냐, 체드."

카펫이 젖는 걸 못마땅한 시선으로 내려다보며 커닝 집사가 물었다.

"영주님께서 아이를 데려오셨어요!"

"…아이?"

"네, 벼락을 맞은 거 같아요! 어떡하죠?"

상상만 해도 무서운지 녀석이 벌벌 몸을 떨었다. 커닝 집사가 다급히 일어나며 명령했다.

"체드, 넌 당장 후안 사제님을 모시고 오거라. 마침 앙리의 부러진 팔을 봐 주시겠다고 와 계신 참이다."

"앗, 정말요? 네, 다녀올게요!"

앙리의 숙소를 향해 체드가 부리나케 뛰어갔다. 질세라 커닝 집사도 재킷을 집어 들고 서둘러 집무실을 나섰다.

"벼락 맞은 아이라……."

예감이 좋지 않다. 그의 영주가 다친 영지민을 성으로 데려오는 것은 흔한 일이었다. 하지만 그 상대가 아이라면 이야기가 달라진다.

'바일 도련님.'

이제는 금기시된 이름. 웃는 모습이 무척이나 해맑았던 첫째 도련님을 사고로 잃은 게 2년 전이다. 그때 나이 열네 살이었다.

본성은 그날 이후로 많은 것이 변했다. 그중 하나가 아이들을 바라보는 주인님의 눈빛이었다.

슬픔과 분노. 이어지는 자책.

아들을 지키지 못했다는 죄책감에 2년이 지난 지금까지도 고통 속에 하루하루를 보내고 계신다. 자식을 잃은 그 마음 모르는 바는 아니지만, 이제는 그만 내려놓으셨으면 하는 게 커닝 집사의 솔직한 바람이었다.

산 사람은 살아야 하지 않겠는가. 더구나 그의 주인은 란데르트 공작이었다. 북부 제일의 도시 해밀턴을 다스리는 영주이자, 작금의 제국을 있게 한 영웅.

도련님의 사고는 안타까우나 그의 주인은 할 일이 많으신 분이었다. 주인을 따르는 많은 이들을 위해서라도 다시금 이전의 모습으로 살아가셔야 한다.

"부디 아이가 무사해야 할 텐데."

그렇지 않다면 더 큰 괴로움이 주인을 찾을 것이다. 그럴 일이 없기만을 간절히 바랄 뿐이었다.

3.

"영주님."

커닝 집사가 홀에 들어서자 란데르트 공작이 돌아섰다. 평소와 다름없는 무뚝뚝한 표정이었지만 그는 안다. 주군의 마음속에 또다시 폭풍이 불고 있음을.

정신을 잃은 채 소파에 누워 있는 아이의 상태는 다행히 양호해 보였다. 벼락을 맞았다는 게 믿기지 않을 정도로 별다른 외상이 없었다.

"아이가 벼락을 맞았다고 들었습니다. 때마침 후안 사제께서 와 계십니다. 급히 모셔 오라 하였으니 너무 심려치 마십시오."

"아말룬을 가져오게."

"예?"

아말룬은 성수에 약초를 더해 만든 내상 치료제였다. 가격이 매우 고가여서 일반인은 감히 엄두도 내지 못하는, 아니 구경조차 하기 힘든 약이었다.

"후안 사제님께서 곧 오실 터인데, 굳이 아말룬까지 복용할 필요가……."

"내장이 상했네."

커닝 집사의 말을 자르는 공작의 목소리는 자못 심각했다.

"신전에 바로 가지 않고 여길 먼저 온 건 그래서야. 신성력만으로는 부족해."

"위중한 상태인 겁니까?"

아이를 바라보는 주인의 눈빛이 무겁다. 겉모습만 보고 천운이 따랐다 여겼는데 아니었단 말인가?

차랑!

커닝 집사의 움직임이 빨라졌다. 그가 재킷 안주머니에서 열쇠 꾸러미를 꺼내 황급히 집무실로 달려갔다.

아이를 꼭 살려야 한다. 절대로 죽어선 안 된다. 아이를 위해서도, 주인을 위해서라도. 잠시 후 돌아온 그의 손에는 작은 유리병 두 개가 들려 있었다.

"혹시 몰라 하나 더 가져왔습니다."

아말룬은 핏기가 도는 갈색의 액체였다. 마개를 열자 달콤한 향이 금세 홀 안 가득 퍼졌다.

공작의 처치는 신속했다. 아이의 입을 열어 아말룬을 흘려 넣고 잘 넘어갈 수 있도록 목을 만져 주었다. 후안 사제가 도착한 것은 그때였다.

"아이가 벼락을 맞았다고요!"

그가 숨을 헐떡이며 뛰어 들어왔다.

"인근 나무에 비켜 맞았네."

"천만다행이군요!"

사제가 안도하며 몸을 숙여 아이의 심장 박동을 확인했다.

"어떻습니까? 살릴 수 있겠습니까?"

"…최선을 다해 보겠습니다."

후안 사제의 낯빛이 심상치 않게 변했다. 환자를 치료하는 능력이라면 해밀턴에서 가히 최고라고 할 수 있는 그가 이런 표정을 짓는다는 건 어렵다는 뜻이리라.

'오, 신이시여.'

커닝 집사가 속으로 탄식하는 그때 공작이 명했다.

"아말룬을 더 가져오게."

"영주님……!"

"다섯 병 정도면 되겠는가?"

후안 사제에게 묻는 공작의 음성은 매우 절박했다.

"아픈 조모와 단둘이 살아가는 아이네. 이제 고작 열네 살이야. 이 녀석이 잘못되면 노모도 살길이 없어. 꼭 좀 살려 주게나."

"공작 전하, 그것이……."

란데르트 공작이 기적적으로 살려 온 이 아이를 후안 사제 역시 꼭 살리고 싶었다. 하지만 가망성이 너무 희박했다. 심장이 뛰고 있는 게 신기할 정도로 아이의 속은 엉망이었다.

"아말룬이라면 얼마든지 내놓겠네."

2년 전 그날의 아픔을 후안 사제도 기억하고 있다. 공작의 심정을 그가 어찌 모르겠는가. 평소 영지민을 제 몸처럼 아끼는 분이시긴 하나, 지금은 아이를 잃어버린 아들에 대입하고 있으신 것이다. 처음 있는 일도 아니었다.

"…시작하겠습니다."

부담감을 떠안은 채 후안 사제가 눈을 감았다. 란데르트 공작도, 커닝 집사도 더 이상 도울 건 없었다. 그들이 치료를 위해 아이에게서 물러났다. 곧 무거운 기운이 주위를 휘감았다.

4.

"컹컹!"

란데르트 공작이 서재에 들어서자 기다렸다는 듯 재스퍼가 달려왔다. 쉴 새 없이 흔들리는 녀석의 꼬리가 공작이 얼마나 반가운지를 대신 말해 주었다.

"잘 있었느냐."

재스퍼의 머리를 쓰다듬는 공작의 손길은 무척이나 다정했다. 바율이 보았다면 매우 이상히 여겼을 모습이지만, 당사자인 공작이나 재스퍼나 어색함은 한 군데도 찾아볼 수 없었다.

"컹! 컹컹!"

"간식이 먹고 싶으냐?"

이맘때면 아들이 항상 간식을 챙겨 주었다는 걸 알고 있다. 그가 서랍을 열어 길쭉한 육포 덩어리를 재스퍼에게 던졌다.

타앗!

그에 맞춰 재스퍼가 뛰어올랐다. 튼실한 뒷다리로 바닥을 박차고 올라 익숙한 몸짓으로 육포를 낚아챘다. 그러곤 가장 좋아하는 자리로 돌아가 질겅질겅 육포를 씹기 시작했다.

"아직도 내가 못 미더운 모양이구나."

방금 전까지만 해도 꼬리를 팔랑이며 반가워하던 녀석이 거리를 두자 공작은 내심 서운했다. 바율과 있을 땐 녀석의 발밑이 보금자리인 양 먹고 자고 하던 것을 아는 까닭이다.

"컹!"

재스퍼가 육포를 입에 문 채 허공에 대고 짖었다. 그것이 마치 그렇다고 대답하는 것 같아서 공작은 웃고 말았다.

"훗, 그래. 알았다."

녀석을 옆에 둔 지 오늘로 사흘째다. 처음 며칠은 바율을 찾겠다고 온 성안을 뛰어다니는 통에 소란이 끊이질 않았다. 그러다 어느 날부터 체념한 듯 바율의 방에 처박혀 밥은 물론 물 한 모금도 먹지 않는 걸 보고 리타와 함께 보내지 않은 것을 처음으로 후회했다.

바율, 불쌍한 내 아들.

아비를 많이 원망하고 있겠지.

아카데미로 보낸 것도 모자라 재스퍼까지 데려가지 못하게 막았으니 얼마나 화를 내고 있을까.

하지만 공작에게 재스퍼는 마지막 끈이었다. 아들과 이어질 수 있는, 바율을 만날 수 있는 마지막 희망의 끈.

아비에 대한 미움 때문에 다시는 돌아오지 않겠다 마음을 먹을 수도 있다. 재스퍼는 그런 아들을 막기 위한 일종의 보험이었다. 가족처럼 아끼는 녀석이니, 녀석을 위해서라도 돌아올 것이다. 그렇기에 리타와 같이 보낼 수 없었다.

식음도 전폐하며 바율을 기다리는 재스퍼를 설득하는데 장장 나흘이 걸렸다. 말 한마디로 수천, 수만의 군사를 호령하는 그가 고작 개 한 마리를 다루는 데 나흘이나 소요했다는 것을 알면 아마 도당의 귀족들은 비웃고 난리가 날 것이다.

하나 그들은 영영 모르리라. 재스퍼가 그를 받아들였을 때 자신이 얼마나 뿌듯하였는지. 전장에서의 그 어떤 승리보다도 벅찬 감동을 느꼈다. 아들과 조금은 더 가까워진 것 같아서 가슴 한쪽이 뻐근하기도 했다.

"…잘 지내고 있느냐."

입학하고 처음으로 맞는 주말일 것이다. 친구는 사귀었을지, 몸은 아프지 않은지, 밥은 잘 먹고 있는지 궁금한 것이 많다.

평생을 성에서만 지내 온 녀석인데 기숙사 생활을 잘 견딜 수 있을지 하루에도 수십 번씩 그를 심란케 한다.

그러나 언제까지 품 안에 끼고 있을 순 없는 노릇이었다. 하나 남은 아들이라도 제대로 지키려면 변해야 했다. 더 이상 가족을 잃을 순 없으니까.

아내도, 바일도 그를 떠났지만 바율은 안 된다. 녀석마저 잃는다면 공작은 이 세상을 살아갈 자신이 없었다.

"재스퍼!"

란데르트 공작이 남은 육포를 마저 던졌다. 마지막 조각을 막 목구멍으로 삼키던 재스퍼가 다시금 비호같이 날아올랐다.

"네 녀석이 언제 내 곁으로 올지 기대하마."

당당히 자리로 돌아가는 녀석의 뒷모습을 바라보던 공작은 고개를 돌려 창밖을 응시했다.

타다닥. 타다닥.

여전한 빗줄기가 창문을 두드린다.

언제쯤 이 지긋지긋한 비가 그칠까. 하루가 멀다 하고 내리는 비 때문에 해밀턴의 곳곳이 망가졌다. 산사태가 일고 집이 떠나가고 무너진 다리는 셀 수도 없다. 사상자가 적다는 게 유일한 위안거리일 것이다.

"이베트……."

하지만 창밖을 향한 공작의 얼굴에 스민 건 분노가 아닌 그리움이었다.

유난히 비를 좋아했던 그녀.

지금처럼 비가 내리던 날, 비를 피하러 들렀던 어느 마을에서 처음으로 그녀를 만났다.

때 묻지 않은 순수함과 청초함을 지녔던 여인.

당시 전시 중이었지만 공작은 첫눈에 반한 그녀에게 청혼했고 직접 이베트란 이름을 지어 주기까지 했다.

그리고 16년.

그녀를 떠나보낸 지 올해로 16년이 흘렀다.

공작은 아직도 기억한다. 그녀와의 첫 만남을, 그녀와의 사랑을, 그녀와의…… 헤어짐을.

그의 머리맡에서 환하게 미소 짓던 그녀의 모습을 다시 볼 수만 있다면 뭐든 할 수 있으리라.

하나 그건 불가능한 일이라는 걸 누구보다 잘 아는 사람이 바로 공작이었다.

똑똑.

"영주님, 접니다."

그렇게 얼마나 지난 걸까. 아이의 치료가 끝난 듯 커닝 집사가 찾아왔다. 결과가 궁금했지만 그가 다가와 옆에 설 때까지 공작은 창에서 시선을 거두지 않았다.

"후안 사제님께서 막 치료를 마치셨습니다. 아이는 무사합니다."

그러니 심려치 마십시오.

커닝 집사는 부러 뒷말을 삼켰다.

"…깨어났는가?"

느리게 묻는 공작의 음성은 평상시와 같았지만, 그 속에 숨겨진 긴장을 커닝 집사는 감지했다.

"예, 아말룬 덕분인지 위험한 고비는 넘겼습니다. 조모를 찾기에 마을로 사람을 보냈습니다."

"잘했네. 조모의 몸도 성치 않은 것 같으니 같이 살펴 주게나."

"그러잖아도 후안 사제님께서 며칠 성에 머물기로 하셨습니다. 고비를 넘기긴 했으나 당분간은 곁에서 지켜볼 필요가 있다고 하시더군요. 신전에도 환자가 많을 터인데 후안 사제님 같은 분을 저희가 붙잡고 있어도 되는지 모르겠습니다."

"그가 필요하면 신전에서 연락이 오겠지. 지금은 일단

아이를 살리는 것이 먼저이니 그에 집중하게나."

"예, 신전 측에는 따로 전갈을 보내 놓도록 하겠습니다."

"아이가 나을 때까지 수고 좀 해 주게. 안 그래도 바쁜 사람인데, 일거리를 늘려서 괜히 미안하군."

"그런 말씀 마십시오. 본디 소인이 해야 할 일입니다."

"늘 고맙네."

공작이 진심을 담아 커닝 집사에게 말했다.

"아닙니다. 저야말로 감사한 일이 많은걸요. 영주님을 모시는 것 자체가 제게는 영광입니다."

머리를 조아리는 커닝 집사에게선 공작을 향한 진심 어린 존경이 느껴졌다.

"광장의 복구 상황은 어찌 되어 가는가?"

아이의 안위 문제를 해결하고 나자 훼손된 도시가 공작의 심기를 다시 어지럽혔다. 가뭄 때문에 기우제를 지냈던 것이 불과 몇 달 전이거늘, 지금은 넘쳐 나는 물로 인해 도시가 몸살을 앓고 있다.

"일단 잔해는 전부 치웠습니다. 부서진 석상들은 석공들을 투입해 오늘 안으로 수리하라 일렀습니다."

"비가 이렇게 내리는데 그게 가능하겠나?"

"불길한 이야기가 시중에 많이 떠돌고 있습니다. 오가는 행인이 많은 곳이니만큼 외관의 복구가 시급하다 판단하였습니다."

"맞는 말이야. 하나 지금처럼 비가 계속 내린다면 수리를 해도 아무 소용이 없질 않은가. 괜한 허사가 될까 하는 소리네."

"과하지 않은 선에서 마무리할 터이니 영주님께선 너무 염려치 마십시오."

"대체 이 비가 언제 그치려는지 모르겠네. 세상에 망조가 든 것인지, 그도 아니면 주신께서 노하시기라도 한 것인지……."

"곧 나아지겠지요. 다들 잘 버텨 내고 있습니다. 하니 기운 내십시오."

구국의 영웅이면 무엇 한단 말인가. 그도 자연 앞에선 일개 인간일 뿐이었다. 홍수의 난리 속에서 그가 할 수 있는 것이라곤 고작 영지민을 대피시키는 일 말고는 없었다.

자신이 이토록 나약한 존재임을 느껴 본 적이 없다. 비를 멈출 수만 있다면 악마에게 영혼이라도 팔고 싶은 심정이다. 그만큼 공작은 절실했다.

"그보다 캐링스턴에서 소식이 왔습니다."

침울한 분위기를 바꾸고자 커닝 집사가 화제를 돌렸다.

"그래, 어찌 지내고 있다 하던가?"

번쩍 드는 아들 생각에 순간이나마 공작의 표정이 밝아

졌다.

"도련님께서 예정보다 하루 늦게 아카데미에 입성하신 것 빼고는 모든 게 순조로이 잘 이행된 것 같습니다. 여기 이언 경이 보낸 서찰입니다."

방금 전에 막 도착한 따끈따끈한 봉투를 그가 내밀었다. 공작이 들뜬 마음으로 황급히 편지를 열었다.

란데르트 공작 전하께.

이언입니다.

캐링스턴엔 무사히 도착하였습니다.

바율 도련님의 청으로 기숙사엔 내일 아침 등교할 예정입니다.

다소 침울해하시긴 하였으나 캐링스턴에 도착하니 조금은 의욕을 보이시는 듯도 합니다. 하니 아카데미 생활에 대해선 너무 심려치 마십시오.

캐링스턴은 활기찬 도시입니다.

분명 도련님께 좋은 영향을 끼칠 거라 생각합니다.

다시 연락드리겠습니다.

이언 세비지

서찰엔 이언의 성격이 그대로 드러나 있었다. 평소 말이 없긴 해도 속이 깊어 동료들 사이에서 신망이 두터운 그다. 서찰의 내용은 딱딱했지만 그 안엔 공작과 바율을 위하는 본심이 드러나 있었다.

"캐링스턴으로 떠나기 전 리암 님께서 이언 경에게 따로 거처를 마련하라 명하시는 걸 들었습니다. 지금쯤이면 아마 기숙사를 나와 모처에서 편히 쉬고 계실 겁니다."

공작이 말없이 계속 편지를 들여다보고 있자 커닝 집사가 덧붙였다.

"리타도 따라갔으니 안정을 취하시는 데 도움이 될 겁니다."

"…그런가?"

"녀석이 좀 덜렁거리긴 해도 바율 도련님에 관해서라면 끔찍한 거 아시지 않습니까. 음식 솜씨도 제법이니 도련님의 식사 걱정은 따로 하지 않으셔도 될 겁니다. 믿어 보십시오."

리타의 요리 실력이라면 공작도 아는 사실이었다. 그녀의 모친이자 아이들의 유모였던 아리엘 역시 요리에 일가견이 있었다. 본디 주방에서 일하던 그녀가 바율 형제의 유모가 된 것은 당시 성내에 머물고 있는 유일한 산모였기 때문이다.

그녀 덕분에 그 추운 겨울날 공작은 젖동냥을 나서지 않아도 되었다. 리타를 포함해 바일과 바율까지. 아리엘은 셋이나 되는 아기를 홀로 키워 낸 씩씩한 여장부였다.

공작은 그런 아리엘을 내심 많이 의지했었다. 그녀의 병세를 처음 전해 듣고 치료하기 위해 얼마나 애를 썼던가. 바쁜 국정 업무 탓에 그녀가 떠나는 걸 지켜보지 못했다. 그것이 공작은 지금까지 미안했다.

"저…… 한데 영주님."

상념에 빠진 공작에게 커닝 집사가 조심스럽게 말을 붙였다.

"이언 경 말입니다. 그분 한 분으로 정녕 괜찮은 겁니까?"

"괜찮냐니? 무엇이 말인가?"

서찰을 내려놓으며 그제야 란데르트 공작이 고개를 들었다.

"도련님의 안위 문제 말입니다."

"안위?"

"예, 아무래도 해밀턴이 아니다 보니 걱정이 되어서요. 캐링스턴이 아무리 치안이 좋은 도시라고는 하나 어디든 불순한 무리는 있기 마련입니다. 혹 흉한 일에 엮이시지는 않을지……."

"그러니까 자네 말은 바율에게 호위를 더 붙여야 하는 게 아닌가, 그 소린가?"

"예, 그렇습니다."

도련님을 그 먼 타지로 보내며 수행 기사를 딱 한 명 딸려 보낸 것이 커닝 집사는 못내 마음에 걸렸다. 주로 기숙사에 머문다고는 하지만 주말이면 교외로 나와 자유로운 시간을 보낼 수 있다.

그때 무슨 일이 벌어지지 않는단 보장이 없지 않은가?

바율 도련님은 공작 전하의 하나뿐인 아들이자 유일한 후계자다. 마땅히 그에 적합한 호위가 필요하다는 게 커닝 집사의 생각이었다.

"그런 거라면 걱정 말게나. 이언만으로도 충분하니까."

"…예?"

"어려 보여도 그의 나이 서른이네. 실력도 매우 출중하지. 이언의 별명이 뭔지 아는가?"

아니요.

커닝 집사가 멍하니 고개를 젓자 란데르트 공작이 회상하듯 말했다.

"전장의 붉은 귀신."

"소인이 아는 그 전장의 붉은 귀신을 말씀하시는 겁니까?"

"아마 맞을 것이네."

담담한 공작의 말투에 커닝 집사는 비명을 지를 뻔했다. 짐작조차 하지 못했다. 온몸에 피를 뒤집어쓴 채 홀로 적군 오십여 명을 학살한 검의 귀재. 그 모습이 너무 섬뜩하여 후에 붉은 귀신이란 별호가 붙었다.

더 놀라운 것은 당시 그의 나이가 고작 열아홉이었다는 것이다. 혜성처럼 나타나 세상을 기함하게 만든 청년 기사. 그 실체가 이언이었다니 그야말로 경악스럽다.

"본인이 드러내길 워낙 싫어해서 기사단 내에서도 소수만이 아는 사실이네. 자네도 모른 척하게나."

"예……."

"많이 놀랐나 보군."

놀란 정도가 아니다. 아직도 어안이 벙벙하다. 영주님 휘하의 기사이니 어느 정도 실력자일 거라 예상은 했지만, 그런 대단한 위명을 가진 기사일 줄은 꿈에도 몰랐다.

"사실 이언의 능력이면 기사단 하나를 맡아도 될 법하지. 근데 원하지 않더군. 재능은 뛰어나지만 책임지길 싫어하는 타입이 있다네. 어떤가, 이제 안심이 좀 되는가?"

되다 뿐인가. 어련히 알아서 안배하셨을 것을, 알지도 못하고 나선 꼴이 되었다. 표현에 인색하셔서 그렇지, 도련님에 대한 애정은 역시 따라갈 수가 없다.

'바율 도련님도 이런 영주님의 마음을 아셔야 할 터인데……'

부자간에 깊어진 골이 언제쯤 치유가 되려는지 지켜보는 입장에선 매번 속이 타들어 간다. 서로에게 진짜로 하고 싶은 말은 가슴에 꾹 담은 채 힘들어하는 두 분을 볼 때마다 감히 나설 수 없는 자신의 처지가 한심하기도 했다.

"형님, 접니다."

손님이 찾아온 것은 그때였다. 문밖에서 들리는 익숙한 목소리에 란데르트 공작이 미간을 좁혔다.

"그새 전갈을 넣었는가?"

"일전에 요청하신 사항이라……."

"그만 나가 보게."

폭우가 쏟아지는 야심한 시각이었다. 조카를 걱정하는 녀석의 마음이야 알겠다만, 지금 같은 날씨엔 마차가 전복되기 십상이다. 사고라도 났다간 제수씨를 볼 낯이 없다.

"와서 앉거라."

빗물을 털며 들어오는 동생을 엄한 눈길로 쳐다보며 공작이 걸음을 옮겼다.

5.

"캐링스턴에서 연락이 왔다 들었습니다. 뭐라던가요? 잘 지내고 있답니까?"

녀석의 첫 마디는 역시나 바율에 관한 것이었다. 비옷을 입고 있음에도 머리칼이 흠씬 젖어 있다. 불 꺼진 벽난로가 뒤늦게 공작의 심기를 건드린다.

"춥지 않으냐?"

"괜찮습니다."

손수건을 꺼내 대충 물기를 닦으며 그가 자리에 앉았다.

"날이 차다."

동생의 만류에도 공작이 커닝 집사를 호출해 난로를 지피라 명했다. 미리 언질이 있었는지 바로 하인이 들어와 장작을 때기 시작했고, 이어 따듯한 생강차가 두 형제 사이에 놓였다.

"식기 전에 마시거라."

"형님도 드십시오."

"네가 날 걱정하는 것이냐?"

그들 형제를 모르는 이가 보았다면 참으로 이상하다 여길 광경이었다. 형님이라 불리는 쪽은 많아 봤자 이십 대 중반인 반면, 형님이라 부르는 쪽은 사십은 족히 넘은 듯하니 말이다. 형님과 아우 사이라기보다는 아버지와 아들이라고 보는 편이 적합할 것 같았다.

그러나 상대는 란데르트 공작이다. 이 제국에서 그를 모르는 자는 거의 없다고 봐야 한다. 고로 지금의 모습을 이상하게 여길 사람 또한 없으리라.

오십을 넘은 나이에 이십 대의 젊음을 유지하고 있는 바세리스 혼 란데르트 공작.

그리고 바세리스의 하나뿐인 동생이자 자작의 작위를 지닌 리암데니즈 혼 란데르트 자작.

형과 달리 나이를 초월한 외모를 가지진 못하였으나 그 역시 형 못지않은 대단한 미남자였다. 둘은 매우 다른 듯하면서도 닮아 있었다.

도당의 대신들을 휘어잡는 둘의 카리스마적인 능력이 그러했고, 심해를 박은 듯한 깊은 파란색 눈동자가 그러했다.

다만 공작이 무겁고 조용한 분위기라면, 동생인 리암은 유연하면서도 온화함을 품은 자였다.

은발과 금발의 머리 색 또한 둘이 비교되는 것 중 하나였다. 형인 바세리스가 모친을 닮아 은발인 것과 달리 동생인 리암은 부친과 같은 모래 빛 금발의 소유자였다.

차가움과 따뜻함.

무신과 문신.

둘의 대비는 도당에서도 언제나 화젯거리였다.

"제가 아니면 누가 형님을 챙기겠습니까. 형님도 너무 과신하지 마십시오. 그러다 크게 탈이 올 수도 있습니다."

"악담하는 것이냐?"

"그럴 리가요. 그냥 염려가 되어서 드리는 말씀입니다."

"안다, 농이었다."

공작이 미소 지으며 찻잔을 들었다.

"그리고 고맙다."

"…예?"

뜬금없는 인사에 막 생강차를 삼키려던 리암이 고개를 들었다.

"거처를 마련하라 했다지."

"아, 그거 말입니까. 그거야 뭐 당연한 일을 했을 뿐인데요."

"미처 생각지 못한 부분이었다. 녀석을 급히 보내는 바람에……."

"잘 해낼 겁니다. 몸이 약해서 그렇지, 머리는 좋은 녀석이지 않습니까. 어떤 면에서는 바일보다 나았습니다."

"……!"

공작의 어깨가 흠칫 떨렸다. 오랜만에 듣는 아들의 이름이었다. 변함없는 고통이 그의 심장을 옥죈다.

"이런, 죄송합니다. 제가 그만 실언을……."

항시 조심하는 부분이거늘 바율에 대한 걱정 때문에 실수하고 말았다. 형의 가장 아픈 부분을 건드리다니 얼굴을 마주하기가 죄스럽다.

"…아니다."

그런 동생의 마음을 헤아린 듯 공작이 먼저 말을 꺼냈다.

"바율은 잘 지내고 있다더구나. 아카데미 생활도 순조롭게 시작한 모양이다."

"그래요? 몸은요? 몸 상태는 어떻다던가요?"

행여 그새 쓰러진 건 아닐지 리암은 애가 탔다.

"그에 관한 얘기는 없었다. 떠나기 전 후안 사제가 점검하였으니 당분간 무슨 별일이야 있겠느냐. 이언이 어련히 알아서 잘 돌볼 터이니, 너도 조카 걱정은 이제 그만하거라. 그 시간에 제수씨와 조카들을 한 번 더 살피는 게 좋을 것 같다."

결혼한 리암에게는 자식이 셋이나 있었다. 일남이녀로 장녀는 이미 시집을 갔고, 아들은 리암을 도와 영지를 돌보는 데 힘쓰고 있으며, 막내는 한창 신부 수업 중이었다.

"형님께서 그리 말씀하시면 이 아우 서운합니다. 바율은 제게 하나뿐인 조카입니다. 어려서부터 허약하여 얼마나 힘들게 자란 아이입니까? 바율만 생각하면 제 가슴이 다

미어집니다."

"리암……."

"바율도 제 자식이나 마찬가지란 말씀입니다. 아십니까?"

너무 잘 알아서 문제다. 서툴고 바쁜 자신을 대신해서 많은 애를 써 준 동생이었다. 어찌 고맙지 않을 수 있겠는가.

다만 그것이 너무 과해 혹여나 제수씨나 조카들이 마음 상해하는 건 아닐까, 공작은 그것을 우려하는 것이었다.

"그래서 드리는 말씀인데요. 호위를 늘려야겠습니다."

"너도 그 소리냐? 호위라면 이언으로 충분하니 괘념치 말아라."

"이언의 실력이야 저도 잘 압니다. 하나 홀로 모든 걸 해결할 수는 없습니다. 그가 자리를 비울 경우도 생각하셔야지요."

리암의 말투가 진지해졌다.

"이미 물색해 놓았습니다. 이언과 함께 거처에 머물면서 바율이 아카데미 밖으로 나올 시에만 호위하도록 명하였습니다."

"이미 네 마음대로 실행해 놓고 뒤늦게 허락을 구하는 것은 무슨 심보이더냐?"

"…화나신 겁니까?"

"그렇진 않다."

"독단으로 처리하여 죄송하긴 하지만, 바율과 같은 학년에 헥터 가문의 장남이 입학했더군요. 소문난 말썽꾸러기입니다."

"말썽꾸러기?"

공작의 눈초리가 까끄름하게 올라갔다.

"네, 헥터 공작의 위세를 등에 업고 위험한 장난도 서슴없이 벌인다고 합니다. 행여나 놈이 바율에게 해코지라도 하는 건 아닐지……."

"그래 봤자 애들 장난이다. 무슨 큰일이야 있으려고."

"저도 그러기를 바랄 뿐입니다."

하지만 호위 기사만은 물릴 수 없습니다.

형의 눈을 똑바로 마주하는 리암의 각오는 꽤 매서웠다. 결국 진 쪽은 공작이었다. 그가 한숨을 내쉬며 알아서 하라고 하자 리암의 입가에 오랜만에 미소가 드리웠다.

"아 참, 형님. 소식 들으셨습니까?"

"소식이라니?"

"폐하께서 세 번째 부인을 들이신다고 하십니다."

"…설마?"

"네, 보이텍 후작의 딸입니다."

"헥터 공작이 손을 쓴 게로군."

헥터 공작과 보이텍 후작은 사돈으로 맺어진 관계였다. 후작의 장남이 공작의 차녀와 혼인하여 슬하에 이미 아들을 둘이나 두고 있다.

지난달, 황궁에서 무도회가 있던 날 후작의 딸과 마주친 황제는 한눈에 반하고 말았다. 어질고 현명한 면모를 지닌 분이지만, 딱 하나 여인을 밝히는 게 흠이었다.

이제 막 성인이 된 후작의 딸은 이미 제국에서 소문이 자자한 미녀였다. 그런 딸을 아비인 보이텍 후작과 헥터 공작이 합심하여 황제에게 의도적으로 접근케 한 것이다.

첫 황후를 병으로 잃고 외로웠던 황제에게 두 번째 황후는 버팀목이 되어 주지 못했다. 둘 사이엔 공주 하나만 태어났을 뿐이다.

아직 제국의 왕자는 단 한 명, 첫 황후에게서 태어난 린데만 황태자가 유일하다.

하지만 후작의 딸이 후궁에 오르고, 만약 황자를 생산한다면?

십년전쟁이 끝난 지 겨우 십여 년이 지났다. 또다시 피바람이 불어선 안 될 것이다.

"형님, 린데만 황태자가 위태로울 수 있습니다."

아직은 시기상조이나 가능한 일이었다.

"내일 당장 황도로 가야겠다. 너도 채비하거라."

더 이상 아들을 걱정하는 아비의 모습은 그곳에 없었다. 구국의 영웅답게 어느새 공작의 얼굴은 본연의 냉철한 모습으로 되돌아가 있었다.

Chapter 2.
이노센트

1.

"좋은 아침!"

로티어스 교수가 밝게 인사하며 강의실로 들어섰다. 그에 바율은 물론이고 학생들의 눈이 동그랗게 떠졌다.

"교수님, 지금은 가국어 수업인데요?"

한 아이의 말에 바율은 자기도 모르게 고개를 끄덕였다. 그의 시간표대로라면 역사는 2교시 수업이었다.

"아무래도 강의실을 착각하신 것 같아요."

"혹시 길 잃어버리신 건 아니죠?"

"저희가 안내라도 할까요?"

"이 녀석들! 내가 치매라도 걸린 줄 아느냐?"

아이들의 짓궂은 농담에 농으로 응수하며 로티어스 교수가 교탁 앞에 섰다.

"간밤에 반스 교수님의 장인께서 별세하셨다. 며칠 자리를 비우실 예정이니 양해 바란다. 빠진 수업 보충은 돌아오시는 대로 해결하시겠다는 전언이다."

"그럼 오늘 수업은 자율 학습인가요?"

"그럴 리가 있나."

씨익 미소 짓는 로티어스 교수의 눈매가 어쩐지 사악하게 빛났다. 아니나 다를까.

"이 무거운 책을 내가 괜히 가져왔을까?"

"설마……!"

로티어스 교수가 한쪽 눈을 찡긋거리며 책을 힘껏 내려놓았다.

"너희가 자율 학습을 하란다고 할 놈들이냐? 오랜만에 잠도 푹 잤겠다, 역사 보충이나 할 생각이다!"

"에엑!"

"말도 안 돼요!"

여기저기서 장탄식과 함께 야유가 쏟아졌다. 안 그래도 힘든 월요일의 첫 수업이다. 자율 학습이라는 꿀맛 같은 시간이 떨어졌는데 이 무슨 날벼락이란 말인가. 억울하기 짝이 없다.

"교과서는 없어도 된다. 잘 듣고 머리로 기억만 하면 되니까."

"으앙, 교수님! 이런 법이 어디 있어요. 제 시간표에는 오늘 역사 수업 없단 말이에요."

"맞아요, 저도요! 이거 들으면 다음 수업 빼 주실 것도 아니잖아요."

"당연히 아니지! 오늘은 그냥 내가 시간이 남아서 너희에게 봉사하는 거야. 자원봉사! 이런 날 막 오는 거 아닌 거 알지?"

봉사 필요 없거든요!

대다수의 얼굴들이 그리 말하고 있었다.

"어쭈? 반항기가 아주 다분한 표정들인데?"

"……."

"허허, 내가 말이지. 사실 오늘 아주 중요한 걸 알려 줄 예정이었거든? 이번 시험에 나올 부분에 대해서 말이야. 근데 네 녀석들 보니 안 되겠다. 접어야겠어."

"…시험이요?"

"역사 공부 어마무시하게 해야 할 거다. 엄청 어렵게 낼 거거든!"

시험이란 두 글자의 무게는 역시 대단했다. 로티어스 교수의 능구렁이 같은 말에 아이들의 자세가 대번에 바뀌었다.

"교수님!"

일라이가 손을 번쩍 들며 외쳤다.

"수업 들을 준비 완료했습니다!"

"그래?"

"네! 저희가 생각이 짧았습니다. 이 무지한 제자들에게 가르침을 주십시오!"

"그렇지? 니들이 좀 무지했지?"

"네, 그것도 아주 많이요!"

열렬히 고개를 주억거리는 제자들의 얼굴을 로티어스 교수가 매우 흡족한 눈길로 바라보았다.

시험이란 게 무섭긴 무섭구나.

바율도 허리를 곧게 펴며 자세를 고쳐 잡았다.

"자, 오늘의 주제다."

로티어스 교수가 칠판에 크게 글자를 적었다.

십년전쟁.

덥수룩한 그의 머리와는 어울리지 않는 깔끔한 글씨체였다.

"십년전쟁을 모르는 사람은 아마 없겠지?"

그가 강의실을 둘러보며 물었다.

"십년전쟁 하면 제일 먼저 뭐가 떠오를까? 어디 얘기해 볼 사람?"

"파흐너 광산이요!"

"토로스 왕가요!"

"데나리드 왕국이요!"

로티어스 교수의 질문이 떨어지기가 무섭게 너도나도 답하는 소리가 들려왔다. 그리고 바율은 조금씩 불편해지기 시작했다.

"모두 잘 알고 있구나. 맞다. 십년전쟁의 시작은 데나리드 왕국의 토로스 왕가가 소유한 파흐너 광산 때문이었다. 제국력으로 782년, 데나리드 왕국의 헬렉 왕이 급사하면서 왕국은 난관에 봉착한다. 왕위를 이을 후사가 없었던 탓이지. 여기서 첫 번째 문제, 헬렉 왕은 어쩌다가 스물여덟이라는 젊은 나이에 죽게 된 걸까?"

"사냥 중 곰에게 물린 상처가 덧나서 죽은 거 아닌가요?"

"처음엔 그런 줄 알았지. 하지만 헬렉 왕의 최측근이던 오하라 장군이 죽기 전 이런 말을 남겼다. 왕의 죽음은 예견된 것이었다고."

"예견이라면, 암살을 당했단 말씀인가요?"

"학자들은 그리 추정하고 있다. 여러 설이 있지만, 음독 타살이 가장 지배적이지. 자, 두 번째 문제다. 헬렉 왕은 누가, 왜 죽였을까?"

정적이 감돌자 로티어스 교수가 미간을 찡그렸다.

"흠, 초반에 이미 절반의 답은 나왔는데."

"…파흐너 광산 때문입니다!"

"그렇지! 토로스 왕가가 소유한 파흐너 광산은 황금 광산으로도 불린다. 그 규모는 말할 것도 없거니와 고품위의 광맥이 묻혀 있어 다들 탐을 내는 곳이지. 그걸 차지하기 위한 이웃 왕국 간의 전쟁이 시작된 것이다. 제일 먼저 나선 건 안도라 국왕이었다. 헬렉 왕과 육촌 관계임을 내세우며 왕위 계승권을 주장했지. 이어 라베리야, 칼세돈 등 여러 왕국이 끼어들기 시작했다. 사돈, 조카사위, 팔촌 등 명분도 아주 가지가지였지. 그 당시 대다수 국가가 국혼으로 엮인 사이였으니 그리 허황된 주장만은 아니었다."

"헬렉 왕을 죽인 건 저들 중 누구인가요?"

"가장 먼저 의심받은 건 안도라 왕국이다. 헬렉 왕의 서거 소식이 전해지자마자 기다렸다는 듯 나섰으니까. 하나 진범은 따로 있었다."

로티어스 교수는 뜸을 들이다 말을 이었다.

"드와이어트 제국. 우리 폴스카 제국이 십년전쟁에 뛰어들게 된 동기이자 원초적 제공자이지. 드와이어트 제국은 아주 오래전부터 데나리드 왕국을 탐해 왔다. 위치적 유리함은 물론이고 가진 자원이 너무나 풍부했기 때문이지. 해서 드와이어트 제국의 황태자 로이안은 계략을 꾸민다. 헬렉 왕을 암살하고 왕국을 집어삼키기로. 방법은 안도라 왕국과의 비밀 협상이다."

"비밀 협상이요?"

"안도라 국왕이 데나리드 왕국의 왕위를 무사히 계승할 수 있도록 물심양면으로 도울 것. 조건은 파흐너 광산 지분의 절반을 내주는 것이었다. 안도라 국왕으로서는 마다할 수 없는 거래였지. 큰 힘 들이지 않고 데나리드라는 알짜배기 땅을 갖게 되는 것이니 말이야. 여러 왕국이 끼어드는 바람에 좀 소란스러워졌지만, 안도라 국왕은 자신 있었다. 드와이어트 제국의 힘을 믿었으니까."

"아무리 드와이어트 제국이 용병 국가라지만, 한 나라의 왕위를 좌지우지할 만큼 그렇게 대단한 힘을 가졌나요?"

"그렇다마다. 지금이야 드와이어트 제국이 종이호랑이 신세가 되었지만, 그때만 하더라도 명성이 엄청났다. 용병 왕 바라첼을 중심으로 뭉친 수천수만 용병의 힘이 어마어마했거든. 그들이 쓸고 지나간 자리엔 풀 한 포기조차 제대로 자라지 못할 정도였다고 하니, 놈들이 나타났다 하면 다들 피하기 급급했지. 그럼 여기서 세 번째 질문에 들어가 볼까? 우리는 왜 드와이어트 제국의 데나리드 왕국 찬탈 전쟁에 끼어들게 됐을까?"

"그야 다음은 우리 차례가 될 테니까요."

모두 조용한 가운데 에이단의 씩씩한 음성이 울려 퍼졌다.

"에이단, 자세히 말해 보겠니?"

"용병왕 바라첼은 야심이 큰 자입니다. 숱한 정복 전쟁으로 국토를 빼앗고 왕국을 키웠지요. 파흐너 광산의 황금이 그에게 넘어가는 순간 그것은 바로 군자금이 되었을 겁니다. 우리 폴스카 제국을 치기 위한. 데나리드 왕국을 도운 건 우리에겐 피할 수 없는 선택이었습니다."

"정확히 알고 있구나. 드와이어트 제국이 파흐너 광산을 노린 건 애초부터가 우리 때문이었다. 대륙을 일통하여 군림하고자 하는 바라첼 왕에게 가장 큰 걸림돌이 되는 게 바로 우리였으니까. 실제로 전쟁이 발발하고 우리 제국은 숱한 위험에 휩싸였다. 바라첼이 이끄는 용병 부대의 힘은 실로 막강했지."

잠시 로티어스 교수의 시선이 바율에게 와 꽂혔다.

우연이었을까? 아니다. 그의 입에서 새어 나올 다음 말이 무엇일지 바율은 대충 짐작이 갔다.

"그러나 우리에겐 그가 있었다. 내가 어떤 이름을 꺼낼지 다들 알고 있겠지?"

알다 뿐인가. 그 인물의 아들과 함께 수업을 듣는 기이한 체험을 하는 중이기도 하다.

바율의 존재가 새삼 신기한 듯 따가운 시선이 몰려들었다. 덕분에 바율은 눈을 어디다 둬야 할지 몰라 갈팡질팡했다. 그런 그의 속을 아는지 모르는지 로티어스 교수가 웃으며 말했다.

"참 재미있지? 그의 업적을 그의 아들에게 가르쳐야 한다니 말이야."

아니요, 하나도 재밌지 않은데요.

하마터면 바율은 그렇게 소리칠 뻔했다.

"란데르트 공작! 그를 칭하는 언어는 많다. 별의 기사, 달의 군주, 살아 있는 전설, 십년전쟁의 종결자 등 아주 무궁무진하지. 그가 용병왕 바라첼을 무너뜨린 레녹스 전투는 십년전쟁의 마지막 방점이라 할 수 있다. 그와 그의 기사단이 없었더라면 우리는 여기 이 자리에서 이렇게 편히 공부할 수도 없었겠지. 네 번째 문제다. 란데르트 공작과 함께 레녹스 전투를 승리로 이끈 기사단의 이름은?"

"새벽의 기사단이요!"

"암흑 기사단이요!"

"피의 기사단이요!"

"땡! 전부 틀렸다. 그건 모두 별칭이지, 정식 이름은 따로 있다."

"혹시 철혈의 기사단인가요?"

"음, 어둠의 기사단?"

"어라? 아무도 모르는 거냐?"

예상을 깨고 오답들이 튀어나오자 로티어스 교수의 눈매가 일그러졌다.

"큼, 바율에게 물어봐야 하나? 설마 바율, 아들인 너도 모르는 건 아니겠지?"

당연히 알고 있다. 그걸 어찌 모를 수 있겠는가. 하지만 어째선지 말하기 싫었다.

"바율?"

옆에 앉은 일라이가 이상하다는 듯 쳐다보는 그때, 바율의 심정을 눈치라도 챈 걸까? 누군가 대신 나서 정답을 얘기했다.

"만월 기사단."

"오, 라나사! 네가 알고 있었구나."

로티어스 교수가 어느 때보다 기뻐하며 엄지를 세웠다.

"역시 우등생이야!"

얼음 여신이란 별호에 걸맞게 라나사는 아무 반응도 보이지 않았다. 그저 앞만 보고 있을 뿐이다. 그 모든 상황이 익숙하다는 듯 로티어스 교수가 특유의 미소를 지으며 손을 펼쳤다.

"자, 그럼 다섯 번째 문제다! 란데르트 공작과 만월 기사단에 얽힌 비밀은 과연 무엇일까?"

"비밀이라니요?"

'비밀?'

아버지에게 무슨 비밀이 있다는 건지 바율은 누구보다 깜짝 놀랐다.

"왜들 이렇게 놀라지? 다들 어느 정도는 알고 있는 줄 알았는데?"

"혹시 란데르트 공작 전하의 늙지 않는 외모에 대해 말씀하시는 건가요?"

"에이, 그게 무슨 비밀이라고. 란데르트 공작은 마에스터의 경지에 오르신 분이다. 그 경지에 이르면 육체가 자연스레 가장 강인할 때, 즉 젊은 상태로 돌아간다고 한다. 그리고 아주 서서히 늙어 가지. 고로 공작 전하는 늙지 않는 게 아니라, 그 속도가 우리 같은 일반 범인보다 매우 느린 거라고 보면 된다."

"대륙에 공작 전하와 같은 분이 또 있나요?"

"알려진 바로는 없지만, 대륙은 넓고 기인은 많은 법이다. 언제 어느 곳에서 튀어나올지 모르지."

"혹시 유전은 안 되나요?"

"뭐라고?"

어이없는 질문의 주인공은 에이단이었다.

"바율도 공작 전하를 닮았으면 좋겠다 싶어서요."

"에이단."

"창피했다면 미안."

바율이 인상을 찌푸리자 에이단이 바로 꼬리를 내리며 사과했다. 하나 바율이 아버지를 닮았으면 좋겠다는 건 그의 진심이었다.

"그만 원점으로 돌아가자. 란데르트 공작과 만월 기사단의 비밀에 대해서 정말 아는 사람 없니?"

나도 모르는 아버지의 비밀이 대체 뭐지?

누구보다 바율이 제일 궁금했다. 아무리 생각을 해 봐도 잘 모르겠다.

"밤입니다."

그때 그녀가 다시 나섰다.

라나사 델 보스트리지.

"달이 뜨는 밤. 만월이면 더 좋지요."

달이 뜨는 밤? 만월?

무슨 뜻인지 바율은 선뜻 이해가 안 갔다.

"란데르트 공작과 그의 기사단은 낮보다 밤에 강합니다. 특히 만월이 뜬 밤의 전투에선 져 본 적이 없지요."

"그래, 맞다. 그들은 낮보단 밤에 강하다. 별의 기사, 달의 군주, 새벽 기사단 등. 이 모두가 공통적으로 밤과 연관되어 있지."

정말 그러네.

여태껏 한 번도 생각해 보지 않았다. 그저 강하신 분이라 여겼을 뿐 다른 의미를 두지 않았었다.

"란데르트 공작이 어째서 해가 진 뒤에 더욱 강해지는지 밝혀진 건 없다. 뱀파이어설이 잠깐 돌긴 했지만 그건 그냥 웃자고 한 소리고, 다들 여전히 모르고 있지. 사실 란데르트 공작에 대해선 알려진 것이 거의 없다. 이름만 대면 누구나가 다 아는 제국의 영웅이지만, 사생활 노출을 매우 꺼리시는 통에 추측만 난무할 뿐 아직 베일에 가려진 것투성이다. 만월 기사단도 마찬가지지. 단원들의 출신 성분은 물론이고 그들의 교육법, 훈련법은 모두가 기밀이다. 딱 한가지, 단원 전부를 손수 뽑아 가르쳤고 한 명 한 명이 엄청난 실력자란 사실만 알려져 있다. 한마디로 너무 신비주의를 고수하신달까?"

바율이 아는 한 아버지는 절대 그런 걸 의도하실 분이 아니었다. 그저 오해일 것이다. 워낙 나서는 걸 싫어하시는 분이니까.

"그래서 말인데, 바율. 좀 가르쳐 줄 수 없을까?"

"…예?"

난데없는 질문에 바율은 저도 모르게 새된 목소리가 튀어 나갔다.

"아는 거 있으면 말해 보란 얘기야. 설마 아버지의 신비주의 전략을 지지하는 건 아니겠지? 제발 아니라고 해줘."

"그, 그건 아닙니다."

"그렇지? 아니지?"

"…예, 그렇지만 저도 딱히 아는 게 없어서 별 도움이…….."

갑자기 식은땀이 솟구친다. 십년전쟁에 대한 주제가 나왔을 때부터 예상은 했지만, 이토록 직접적으로 물어볼 줄은 몰랐다. 몰려드는 관심과 질문에 두통과 피로가 급습하며 바율은 그저 기숙사로 돌아가 쉬고 싶은 마음이었다.

—많이 힘들어? 이런, 열도 나네?

어느새 다가왔는지 이노센트가 책상에 걸터앉으며 바율을 걱정 어린 눈으로 바라봤다. 수업 중이라 말을 할 수 없으니 바율은 괜찮다는 의미로 희미한 미소를 지었다.

—전혀 괜찮지 않은데. 난 다 느껴지는걸.

이노센트가 손을 뻗어 바율의 이마에 댔다. 차가운 기운이 전해지자 잠시지만 한결 편안한 기분이 든다.

—어때? 좀 괜찮지?

"고마워, 이노센트."

마침 로티어스 교수의 관심이 다른 데로 쏠렸다. 아주 작은 목소리로 바율은 고마움을 전했다.

'네가 있어서 다행이야.'

정령을 보고 기절했던 게 불과 며칠 전이거늘, 이제는 정령에게서 위안을 받는다. 이래서 사람 일은 모른다고 하는 것인가.

어느덧 바율은 이노센트를 만났던 지난 주말을 회상했다.

2.

"퀸 님!"

바율이 정령의 도움을 받아 무사히 물 밖으로 모습을 드러낸 순간, 어디선가 일단의 무리가 우르르 나타났다. 그들이 누군지는 굳이 묻지 않아도 알 수 있었다. 모두가 퀸과 같은 지느러미 모양의 귀를 가지고 있었기 때문이다.

"비욘."

일족을 향해 돌아서는 퀸의 얼굴엔 미소가 피어 있었다.

"…퀸 님?"

그가 잘 웃지 않는 성격의 소유자인 건 인어족 대부분이 아는 사실이었다. 그의 최측근 수하이자 호위대의 수장인 비욘은 그런 퀸의 성정을 누구보다 잘 아는 인물이기도 했다.

"무, 무슨 일이십니까?"

"진짜였어."

"예?"

"진짜였다고. 보고 있으면서도 믿기지가 않아!"

퀸의 음성은 한껏 격앙되어 있었다. 그 역시 비욘에게는 익숙지 않은 광경이었다.

"무엇이 진짜라는 말씀입니까? 믿을 수 없다니요? 무엇을 말입니까?"

비욘이 물었지만 퀸은 답하지 않았다. 아니, 답하지 못했다. 물기둥을 의자 삼아 허공에 떠 있던 바율이 움직이기 시작한 것이다.

"으아아!"

"바율!"

비명을 내지른 건 바율이었다. 물기둥에 올라앉아 있는 것도 겁이 나는 마당에 그것이 움직이기까지 하니 오죽하겠는가. 기슭에 다다른 물기둥의 높이가 서서히 줄어들었지만 바율은 감히 내려설 엄두를 내지 못했다.

─안 내려?

"…어?"

─무서워하는 것 같았는데. 아닌가?

"아, 아니야. 맞아!"

꾸물거리다간 왠지 다시 물기둥을 타야(?) 할 것 같아서 바율은 재빨리 땅으로 뛰어내렸다. 발밑으로 딱딱한 지면이 느껴지자 절로 안심이 된다.

"너 방금 누구랑 얘기한 거야?"

허공에 대고 소리치는 바율의 행동은 누가 봐도 이상했다. 에이단이 실눈을 뜨며 묻는다.

"설마…… 정령이냐?"

"으응."

바율은 어색한 표정으로 고개를 끄덕였다. 정말 이 아이가 다른 사람들의 눈에는 보이지 않는단 말인가?

정령은 정령사의 눈에만 보인다고 일전에 듣긴 했지만, 그 상황이 되고 보니 기분이 몹시 이상하다. 자신에게는 이토록 잘 보이고 잘 들리는데 남들에게는 전혀 그렇지가 않다니, 신기하면서도 곤욕스럽다.

정령에 대해 모르는 사람이 보았다면 정신병 환자라고 여길 수도 있는 노릇이지 않은가. 실상 현시대를 살아가는 대부분의 사람들은 정령의 존재를 모르고 있기도 하다.

"오오! 진짜? 대박!"

"어디? 여기? 이쯤에 있어?"

"강의실에서 봤다던 그 꼬마 소녀 맞아?"

"이렇게 빨리 나타날 줄은 몰랐는데!"

"바율, 어느 쪽이야? 내 왼쪽? 아니면 오른쪽? 말해 봐, 얼른!"

바율의 심정을 아는지 어쩐지 정령의 재출현에 에이단과 일라이는 완전 흥분 모드였다. 자신들이 반 누드 상태라는 것도 잊은 듯 바율에게 달라붙어 갖은 질문을 해 댔다.

"정령이라니요? 퀸 님, 이게 무슨 소리입니까?"

비욘의 진지한 음성이 끼어든 것은 그때였다. 묵직하면서도 날카로운 그 목소리에 바율은 물론이고 에이단과 일라이까지 동작을 멈췄다.

"헙!"

상황이 상황이었던지라 미처 인식을 못 했다. 무기를 소지한 이종족의 등장에 셋은 약속이라도 한 듯 숨을 삼켰다. 정황상 퀸의 수하임을 짐작할 순 있었지만, 눈빛이나 분위기가 몹시 심각했기에 무작정 안심할 수는 없었다.

"비욘, 느껴지지 않아?"

"……?"

퀸의 시선이 허공을 좇고 있다. 한껏 기대에 찬 눈빛으로. 이 또한 그의 주군에게는 어울리지 않았다.

"움직이고 있어."

퀸이 다시금 미소 지었다.

"날고 있는 것 같아."

"대체 그게 무슨……!"

답답함에 비욘의 언성이 높아진 찰나였다. 별안간 찬 기운이 비욘의 뺨을 쓱 스치고 지나갔다. 마치 누군가 물이라도 끼얹은 것 같았다.

"누, 누구냐!"

기습을 당했을 때 무기를 꺼내는 것은 무사의 본능이었다. 비욘이 금빛 머리카락을 휘날리며 칼을 뽑자, 남은 그의 수하들이 재빨리 퀸을 에워싸더니 각자의 무기를 장착했다.

"뭐, 뭐야!"

"가, 갑자기 왜 이래?"

돌연한 사태에 바율은 질겁했다. 평소 싸움이라면 지지 않을 자신 있는 에이단과 일라이었지만, 그건 아카데미 내에서나 유효한 것이었다. 인어족의 돌변에 셋은 잔뜩 움츠러들었다.

"다들 그만."

덤덤한 것은 퀸이 유일했다. 그가 턱짓으로 수하들에게 물러날 것을 명했다.

"안 됩니다, 퀸 님! 여기 뭔가가 있습니다!"

"맞아, 있어. 이제 느낀 거야?"

"예! 보이진 않지만 분명 뭔가 있습니다! 하니 퀸 님께선……."

"정령이야."

수하의 말을 자르며 퀸이 단호히 명령했다.

"그러니 물러나. 수천 년 만에 나타난 정령과 싸우기라도 할 셈이야?"

"…지금 정령이라고 하셨습니까?"

"비욘도 느꼈다며."

차가운 그것이 정령이었다고?

"하, 하지만 어찌……!"

"멸망한 그들이 다시 나타났느냐고?"

더듬는 수하의 얼굴을 물끄러미 바라보던 퀸의 시선이 서서히 바율에게로 향했다.

"그건 나도 몰라. 하지만 알아낼 방법은 있어."

"방법이라니요?"

"정령사가 있거든. 여기에."

누가 봐도 바율을 겨냥하는 말이었다. 의미심장한 그의 발언에 인어족의 모든 시선이 바율에게로 쏠렸다.

정령사.

인간.

"흡!"

마치 못 볼 것을 보기라도 한 듯 다들 소스라치게 놀란다.

'왜들 저렇게 놀라지?'

쏟아지는 시선에 부담감도 잠시, 바율은 의아했다. 반응들이 너무 지나쳤기 때문이다. 그들의 표정은 거의 경악에 가까웠다.

"서, 설마 전설의……!"

비욘은 말을 잇지 못했다. 믿기지 않는 현실 앞에서 그는 멍하니 정신을 놓았다.

—음, 내가 처리해 줄까?

신이 난 듯 바율의 주변을 날아다니던 꼬마 정령이 불쑥 바율 곁으로 다가와 물었다.

"…처리?"

바율이 이해하지 못하고 되묻자 정령이 천진하게 대답했다.

—응, 없애 줄 수 있는데.

"어, 없애다니!"

누구를? 인어족을?

"안 돼!"

바율은 기겁하며 소리쳤다.

─왜? 싫어하는 거 아니었어? 불편해하고 있잖아.

"불편하지만 싫은 건 아니야. 그냥 긴장한 거라고. 그러니 절대 아무 짓도 하지 마! 하면 안 돼. 알았지?"

순진한 얼굴로 아무렇지도 않게 무서운 말을 내뱉는 정령을 보고 있자니 바율은 더럭 겁이 났다. 아직 정령에 대해 잘 모르지만, 그냥 하는 말이 아니라는 건 느낌상 알 수 있었다.

─그래? 알았어. 난 도와주고 싶었는데.

아쉬워하는 티가 역력했지만 다행히 정령은 순순히 물러났다. '설마 말로만 그러는 건 아닐까?' 잠시 그런 생각이 스쳤지만 이내 그만뒀다. 정령이 거짓말을 할 것 같지는 않았기 때문이다.

"뭐야, 왜 그래? 정령이 뭘 어떻게 한대?"

"…어?"

"아무 짓도 하지 말라며. 뭘 하려고 했는데?"

"우리를 없애 버리겠대?"

"아, 아니야. 그런 거."

바율이 다시 혼잣말을 시작하자 에이단과 일라이의 관심이 정령에게로 돌아왔다. 겁먹었던 모습은 사라지고 눈빛이 초롱초롱하게 빛났다.

"그럼 뭔데? 아이 참, 얘기 좀 해 보라니까!"

"그래, 바율! 네 눈에만 보인다고 너 치사하게 이럴 거냐?"

"그게 에이단⋯⋯."

"어떻게 생겼어? 귀여워? 예뻐?"

"그동안 어디 갔었다냐? 왜 이제야 왔대?"

"아직 그건⋯⋯."

에이단과 일라이가 쉬지 않고 질문을 해 대자 바율은 진땀이 났다. 아직 바율은 정령과 제대로 이야기를 나누지도 못했다. 줄곧 함께였으니 그런 사실을 다 알 텐데도 정령에 대한 신비감 때문일까? 둘은 교대하듯 번갈아 바율을 붙잡고 캐물었다.

이보다 답답했던 적이 있었던가. 혼자서만 보고 들을 수 있다는 건 꽤 골치 아픈 일인 듯하다. 주목을 받는 것에 익숙지 않을 뿐더러, 말주변이 없는 편이다 보니 더 그렇다.

—별거 아닌데 고민하네.

"⋯⋯?"

—날 보여 주면 되잖아.

뭐? 어떻게?

사람들에게 정령을 보여 줄 수도 있다는 걸 아예 생각조차 못했다. 바율이 놀란 얼굴을 하자 꼬마 정령이 배시시 웃는다. 주위에서 신음이 터진 건 그때였다.

"으앗!"

"헉!"

그렇게 궁금해할 때는 언제고 정작 정령이 나타나자 에이단과 일라이는 말을 잃었다. 손가락으로 정령을 가리키며 입만 벙긋대는 모습이 웃긴 한편 안쓰럽다.

"지, 진짜로 정령이……!"

인어족의 반응은 좀 전보다 더하면 더했지 덜하지 않았다. 실체를 눈앞에서 마주했기 때문인지 얼음처럼 굳은 자, 눈물을 흘리는 자, 환호하는 자 등 다양했다.

─목소리도 들려줄까?

재미를 느낀 게 분명하다. 까르르 웃음을 터뜨리며 정령이 하늘로 솟구쳤다.

쏴아아!

동시에 잠잠하던 계곡물이 파도처럼 공중으로 치솟아 올랐다.

"안녕! 반가워!"

"우, 우와! 말한다!"

신기함은 잠깐이었다. 정령과 함께 일어났던 파도가 일행을 덮친 것이다. 정말이지 순식간에 벌어진 일이었다. 정령에게 잠시 한눈을 판 사이 바율을 제외한 모두가 물벼락을 맞았다.

인어족이라고 예외는 아니었다. 물을 조종할 줄 아는 그들이 방어조차 못 하고 홀딱 젖고 말았다.

"너, 너…… 대체 이게 무슨……!"

너무 어이가 없어 화도 나지 않는다. 친구들을 살필 겨를도 없었다. 허리까지 굽혀 가며 박장대소하는 정령의 모습에 바율은 그저 기가 막혔다.

3.

"삐욕! 삐욕!"

잉그리드가 재잘거리며 정령의 주위를 뱅뱅 맴돌았다. 새로 사귄 친구가 몹시 마음에 든 눈치였다. 정령 역시 그런 잉그리드가 싫지 않은지 물방울을 만들며 장난을 쳤다.

퐁!

날아오는 물방울을 잉그리드가 부리로 콕 찍자 방울이 톡하고 터졌다. 피그미부엉이인 잉그리드의 몸집에 맞게 물방울의 크기는 매우 작았다.

"예쁘게 생겨서 마음씨도 참 곱네."

"뜬금없이 뭔 소리냐?"

"우리 잉그리드랑 놀아 주고 있잖아. 녀석 사이즈에 맞게 물방울 작게 만드는 것 좀 봐라. 완전 착하지 않냐?"

"헐, 착해?"

일라이가 수건을 내려놓으며 어처구니없다는 듯 웃었다.

"너 지금 내가 뭐 하고 있는지 안 보여?"

"뭐 하긴. 머리 말리고 있잖아."

"그러니까! 이게 다 누구 때문인데? 이따위 옷이 웬 말이냐고!"

교복이 몽땅 젖는 바람에 퀸에게 옷을 빌릴 수밖에 없었다. 수영을 하겠답시고 거의 벗은 상태였지만 바닥의 옷도 물벼락을 피해 가진 못했다.

"라이, 꼬마가 장난 좀 친 것 가지고 뭘 그렇게 열을 내고 그래. 옷도 깨끗하고 편하기만 하고만."

"옷이라는 게 그게 다가 아니거든?"

"또 그놈의 패션 타령이냐."

"아무 무늬가 없잖아, 무늬가. 붕대도 아닌데 왜 무늬가 없어? 내 평생 이런 옷은 입어 본 적이 없다!"

"네 옷이 지나치게 화려한 거야. 나는 그렇게 입으라고 해도 못 입겠다."

"어차피 넌 소화도 못 해. 나니까 가능한 거라고."

"어련하겠냐. 그래도 너 옷 주인 앞에 두고 너무 그러지 마라. 남의 호의를 대놓고 무시하는 건 예의가 아니지."

호의는 개뿔. 이런 건 고문이라고!

"퀸, 정말 이런 옷밖에 없어? 무늬는 바라지도 않을 테니까 색이라도 바꾸자. 붉은색 아니, 붉은 계통이라면 뭐든 입을게!"

조각 같은 일라이의 얼굴에서 기대감이 사라지는 데에는 불과 일 초도 걸리지 않았다.

"없어."

"뭔 대답이 그리 빨라. 진짜 없는 거 맞아?"

"정 싫으면 계속 벗고 있던가."

"미쳤냐? 다 입고 있는데 왜 나만 벗고 있어?"

"아까는 잘만 벗길래."

"그건 수영하려고 그런 거고!"

"난 아무래도 상관없거든."

네가 벗고 있거나 말거나. 시답잖은 대화는 여기까지라는 듯 퀸이 무심히 돌아섰다.

"에이, 짜증 나!"

일라이에게 옷이란 그저 남들처럼 몸을 가리기 위한 것이 아니었다. 패션은 그에게 인생이요, 보람이요, 낙이었다. 모범생이자 우등생인 그가 공부 말고 집착하는 것이 하나 있다면, 의상과 헤어스타일, 장신구 등으로 멋을 내는 일이었다.

"미안해, 라이. 내가 사과할게."

사과할 타이밍만 재고 있던 바율은 더 늦기 전에 서둘러 입을 열었다.

"네가 왜? 무슨 잘못을 했다고."

"…내가 한 거나 다름없는 것 같아서."

"나도 눈 있거든."

"어?"

"저 꼬맹이가 물벼락 뿌리고 엄청 웃어 대는 거 다 봤다고. 아주 신났더만."

"아직 어려서……."

"벌써 편드는 거냐? 아휴, 됐다. 됐어. 교복이 마를 때까지만 입고 있지, 뭐."

체념은 했지만 원망이 사그라지는 건 아니었다. 천하의 원수라도 대하듯 정령을 노려보며 무늬가 하나도 없는, 일명 붕대 같은 옷을 일라이가 입기 시작했다.

"어떡하지? 되게 화났나 봐."

잉그리드와 물방울 터뜨리기 놀이에 열중하던 정령이 그런 일라이의 눈치를 살피자 에이단이 웃으며 손을 휘저었다.

"괜찮아, 괜찮아. 옷에 좀 민감해서 그래. 마음씨는 좋은 녀석이니 곧 풀릴 거야."

"너는 안 민감해?"

"나? 나는 괜찮아. 옷이야 몸에 맞기만 하면 되지, 뭐."

헤헤거리며 에이단이 소매를 걷어붙였다. 그런 녀석의 두 발목도 상황은 비슷했다. 옷 주인과 워낙에 키 차이가 나다 보니 맞는 옷을 찾을 수가 없었다.

"인간은 다 너 같아?"

"아니, 다르지. 쟤만 해도 엄청 까칠하잖아."

"응?"

정령의 고개가 갸웃했다. 조막만 한 얼굴로 눈을 홉뜨는 모양새가 깜찍하기 이를 데 없다.

"같은 인간이라고?"

"너무 화내서 인간 아닌 줄 알았구나?"

웃긴 말도 아닌데 에이단이 혼자 낄낄거렸다.

"아닌데……."

"간혹 인간 같지 않은 놈들이 있긴 하지. 자레드처럼. 라이는 좋은 녀석이니 오해하지 말렴!"

"정말 인간이란 말이야?"

에이단이 아니라고 하는데도 정령은 쉽사리 의문을 거두지 못했다. 그러자 일라이가 목청을 높이며 소리쳤다.

"나, 나의 어딜 보고 그런 망발을! 너 꼬맹이, 나랑 싸우자는 거냐? 지금 시비 거는 거지?"

더듬는 말투 하며 뺨까지 붉어진 것이 이번에도 화가 잔뜩 난 것 같았다.

또 사과해야 할까?

바율이 고민에 휩싸이는 순간 고맙게도 해결사 에이단이 나섰다.

"자자, 진정하고 우리 통성명이나 하는 게 어때? 난 에이단이라고 해. 이쪽은 퀸, 쟤는 일라이. 제일 중요한 이 녀석은 바율이야. 아, 이미 알고 있으려나? 우리 잉그리드도 인사했겠지?"

노느냐고 피곤했는지 잉그리드가 어느새 에이단의 정수리에 앉아 꾸벅꾸벅 졸고 있었다. 평소라면 진즉 모자로 덮어 주었겠지만, 아직 젖은 상태라 그럴 수가 없었다.

"이젠 네 차례야. 이름이 뭐야? 우리가 뭐라고 부르면 돼?"

바율도 궁금했다. 실은 아까부터 정령을 어떻게 불러야 할지 홀로 고심하던 차였다.

"나 이름 없는데."

"엑? 이름이 없어?"

"응, 없어."

그게 뭐 어때서? 황당해하는 에이단을 오히려 이상하다는 듯 정령이 바라봤다.

"이름이 없을 수도 있나……?"

"우린 다 그런걸?"

"그럼 뭐라고 부르지? 정령아, 하면 되게 이상할 것 같은데."

곤란하다는 듯 에이단이 머리를 긁적이는데, 퀸이 바율을 향해 툭 내뱉었다.

"지어 주면 되겠군."

"…내가?"

"정령사는 너잖아."

"그치만……."

"어쩌면 이게 정령사로서의 첫 번째 관문일지도 몰라."

첫 번째 관문?

주변에 정령사가 없으니 어디 물어볼 데도 없다. 퀸의 짐작이 맞을 수도 틀릴 수도 있지만, 중요한 건 관계의 편의를 위해서라도 정령에게 이름이 필요하다는 것이었다.

"…내가 그래도 될까?"

이름을 지어 본 건 딱 한 번뿐이었다. 본성에서 바율을 애타게 기다리고 있을 가드견, 재스퍼. 바일이 살아 있을 때지만 재스퍼의 이름을 지은 게 바율이었다.

"난 좋아!"

망설이는 바율에게 정령이 기쁜 기색으로 다가왔다. 방

금 전까지만 해도 이름에는 하등 관심도 없는 것 같더니 태도가 돌변했다.

이름이 생긴다!

나만의 특별한 이름!

여태 그런 정령은 없었기에 신이 났다.

"내가 처음이야! 꺄!"

기대하는 걸 보니 어째 더 부담스럽다. 실망하면 어쩌지? 이왕 짓는 거라면 정령에게 어울리는, 마음에 꼭 들어 할 그런 이름을 지어 주고 싶었다.

"후우."

바율은 차분히 정령과의 만남을 떠올렸다.

선명했던 차가움. 밝고 청량한 기운. 상냥한 듯하다가도 심술궂게 장난을 쳐 대고 의심을 하기도 한다. 소리 내어 잘 웃는 데다가 천진한 표정을 지을 때면 깨물어 주고 싶을 만큼 귀엽다.

"…아!"

"뭐야? 뭐야? 지었어?"

끄덕.

불현듯 단어 하나가 바율을 사로잡았다. 몇 가지 연상되는 것이 있었지만, 이것만큼 잘 어울리는 건 없었다.

"이노센트."

"…이노센트?"

"천진하다는 뜻이야. 어때?"

재스퍼의 이름을 지었을 때가 생각난다. 바일은 '오, 괜찮은데?' 하며 단번에 동의했었다.

"이노센트—!"

갑자기 정령이 붕 날아오르며 이노센트를 외쳤다. 마음에 든 건가?

"우리 의견은 필요 없을 것 같다."

"저렇게 좋아하잖아. 뭐가 더 필요해?"

"나는 이제부터 이노센트다! 이노센트!"

정말 그랬다. 까르르 웃으며 실내를 휘젓고 날아다니는 모양이 과장 조금 보태서 흡사 세상을 다 가진 듯하다.

꾸밈없는 솔직한 모습.

이노센트란 이름에 더없이 잘 어울러진다.

앞으로 어떤 일이 기다리고 있을까?

정령, 아니 이노센트와 함께 맞이할 미래가 바율은 어쩐지 조금 기대가 되었다.

Chapter 3.
스터벤라우치 도서관

1.

"바율! 바율!"

일라이의 속삭임에 바율은 상념에서 깨어났다. 그 사이 이노센트는 학생이라도 된 듯 비어 있던 바율의 앞자리에 다소곳이 앉아 있었다.

"왜, 라이?"

지금은 수업 시간이다. 바율은 목소리를 낮추고 옆을 돌아봤다.

"……?"

그런데 무슨 일일까. 일라이가 말은 않고 자꾸 눈을 깜박인다. 부자연스러운 느낌도 잠시, 붉은 보석을 박아 놓은 듯한 녀석의 눈동자가 언제 봐도 참 아름답다고 바율은 생각했다. 귓가로 로티어스 교수의 음성이 메아리친 것은 그때였다.

"바율, 친구가 그렇게 애쓰는데 이제 앞을 좀 봐 주는 게 어떨까?"

바율은 그제야 상황을 이해했다. 로티어스 교수는 물론이고 강의실의 눈들이 전부 자신을 향해 있었던 것이다. 당황한 그의 얼굴이 새빨갛게 물들자 누군가 웃는 소리가 들려왔다.

"무슨 생각을 그리 골똘히 하고 있었는지 궁금한걸. 혹시 뒤늦게 아버지에 대해 뭔가 해 줄 말이라도 생긴 건가? 그렇다면 아주 기쁘게 들어 줄 의향이 있는데 말이야."

"아, 아닙니다. 그건……."

"그래? 아쉽군."

"…죄송합니다."

"뭐, 이해해. 수업 중 가끔 딴생각할 수도 있지. 난 매우 너그러운 선생이거든."

'우우' 야유가 쏟아졌지만 로티어스 교수는 아랑곳없이 말을 이었다.

"오늘 수업 다들 재밌게 잘 들었겠지? 곧 시험이니 제대로 복습해서 꼭 좋은 성과 있길 바란다. 그리고 십 분 일찍 끝내 줬으니까 자율 학습 빼앗았다고 너무 욕하기 없기다. 알겠지?"

"네, 교수님. 감사합니다!"

따분해하던 아이들의 얼굴에 금세 화색이 돌았다. 피식 웃으며 강의실을 나서던 로티어스 교수가 문을 넘어서기 전 손가락으로 바율을 가리켰다.

"늦지 마라."

영문을 알 수 없는 그의 말에 바율이 얼빠진 표정을 짓자 일라이가 가볍게 혀를 찼다.

"뭐 한다고 교수님 말씀도 못 듣냐. 얼른 가 봐. 수업 끝나면 교수님 사무실로 오라고 하셨어."

"…나를?"

"그래, 어딘지는 알지?"

당연히 알다마다. 아카데미에 들어와 처음 발을 들인 곳이 바로 로티어스 교수의 방이었다.

"이유는? 나를 왜 부르시는 거래?"

"이건 내 추측인데."

앞줄에 앉아 있던 에이단이 돌아보더니 속닥였다.

"지난주에 있었던 '그 일' 때문이 아닐까?"

"그 일?"

"신전에서 말이야."

신전이라면 바율이 처음으로 이노센트를 보고 기절했던 날이다. 그때만 하더라도 환시를 본다고 착각했었다.

"그거라면 당일에 괜찮으냐고 직접 물어보셨는데……."

수업 도중 기절한 덕분에 안 그래도 화젯거리였던 바율은 더욱 유명 인사가 되었다. 란데르트 공작의 아들이 쓰러졌다는 소식은 삽시간에 아카데미 전체로 퍼졌다.

기숙사 담당 교수인 로티어스 교수가 소식을 듣고 찾아왔을 땐 다행히 바율의 상태가 많이 호전된 이후였다. 그땐 정령의 존재를 깨달은 다음이기도 해서 머리가 좀 복잡했을 뿐 몸은 말짱했다.

"네 얘기를 하려는 게 아닐 거야."

"그럼?"

"사제님이 쓰러지셨잖아."

행여 아이들이 들을까 에이단이 목소리를 더 낮췄다.

"정령들이 날뛰는 걸 사제님도 보셨어. 당연히 신전에 보고하지 않았을까?"

"그것들이 정령이란 걸 모르실 텐데?"

"몰라도 이상한 장면을 목격하셨으니 상부에 전했겠지. 바율이 그냥 학생도 아니고 란데르트 공작 전하의 아들인데 가만히 계셨겠어?"

"하긴, 그렇겠다."

일라이가 동조하자 바율은 불안해졌다. 미처 생각하지 못한 문제였다. 당시엔 정령에 대한 생각만으로도 벅차서 다른 일에 신경 쓸 겨를이 없었다.

"어떡하지?"

그날의 현상을 물어보면 답할 말이 없다. '정령을 보았습니다. 아무래도 제가 정령사가 된 것 같아요'라고 말할 수는 없지 않은가. 설사 말을 한다 쳐도 교수님이 이해하리란 보장도 없었다.

"곤란할 땐 모른 척하는 게 최고야."

"모른 척?"

"그래, 모르쇠로 일관하는 거지. 바율 넌 기절한 상태이기도 했잖아."

"맞아. 교수님이 캐물으시면 그냥 모른다고 잡아떼. 사제님도 그날 네가 깨어나는 걸 보진 못하셨으니 가능해."

괜찮은 생각 같다. 실제로 퀸과 일라이가 아니었다면 바율은 여전히 스스로가 병마에 시달리고 있다 여겼을 것이다. 그들 덕분에 정령의 존재를 알았고, 이노센트를 만날 수 있었다.

근데 둘은 어떻게 그토록 자세히 정령에 대해 아는 것일까? 퀸은 인어족이니 그럴 수 있을 것도 같지만, 일라이는 의외였다. 집시 일족에 정령과 관련되어 내려오는 구전이라도 있는 걸까? 혹시 아버지도 정령을 알고 계실까?

"바율, 너 또 무슨 생각하는 거야! 안 갈 거야?"

"어? 어, 가야지."

2교시 수업 역시 역사였다. 지금 가지 않으면 모두가 보는 앞에서 그날의 얘기를 꺼내야 할지도 모른다. 바율은 서둘러 일어나 로티어스 교수실로 향했다.

2.

—우리 어디 가는 거야?

급히 걸어가는 바율의 뒤를 이노센트가 따라왔다. 동일한 모양의 교복 사이로 파란 원피스 차림의 꼬마 소녀는 단연 눈에 띄었다. 물론 그것은 바율에게만 한정된 시각이었다.

"교수님 뵈러 가는 길이야."

—교수님? 그게 뭔데?

"좀 전에 강의실에서 봤던 분. 얌전히 앉아 있길래 수업 듣는 줄 알았는데, 아니었어?"

—그냥 좀 쉰 거야. 피곤했거든.

"정령도 피곤을 느끼는구나. 많이 피곤해?"

겉보기엔 달라진 점이 없었다. 움직일 때마다 양 갈래로 묶은 머리가 팔랑거리는 모습은 여전히 예쁘고 깜찍하기만 했다. 하늘거리는 파란색 드레스는 그런 이노센트를 더욱 생기 넘치고 귀엽게 보이게 했다.

─며칠 잠을 못 잤어.

"잠을 못 잤다고?"

처음 듣는 얘기에 바율은 의아했다.

"왜?"

─너무 좋아서.

"좋아서? 뭐가?"

─이름이 생겼잖아. 이노센트. 난 내 이름이 너무 마음에 들어!

고작 그런 이유로 잠을 설쳤단 말이야?

바율이 어이없어하자 이노센트가 훅 날아와 앞을 막아섰다.

─고작이라니! 이름이 있는 건 나뿐이라니까!

그러고 보니 일전에도 그랬다. 이름을 갖는 건 자신이 처음이라고.

"저기, 다른 정령들은 어디 있어? 많아?"

─가끔 오다가다 만나기는 하는데, 많지는 않아.

"오다가다?"

―응, 너 기절했을 때 제일 많이 봤어.

신전이다. 바율은 기억나지 않지만 그때 사대 원소의 징후가 모두 나타났다고 했다.

그들도 만나게 될 날이 올까? 퀸은 불가능하다고 했지만 바율은 기대하지 않을 수 없다.

불, 바람, 땅.

그들의 모습은 어떨지, 어떤 성격과 능력을 지녔을지 이노센트를 만난 이후로 궁금증만 늘었다.

정령에 대한 두려움은 이제 없었다. 이노센트와의 만남으로 바율은 확신했다.

정령은 온전히 그의 편이었다. 시도 때도 없이 장난을 쳐대고 웃고 삐치고 화도 내지만, 이노센트가 집중하는 건 언제나 바율이었다.

바율이 뭘 원하고 뭘 불편해하는지 녀석은 귀신같이 알았다. 자기가 어디서 어떻게 태어나고 몇 살이나 되었는지는 모르면서 말이다.

녀석은 정령계가 뭔지도 몰랐다. 자신이 정령이라 불리는 것도 이번에 알았다고 한다.

이노센트가 기억하는 건 바율밖에 없었다. 모든 걸 온전히 기억하진 못하지만, 기억이 있는 순간부터 쭉 바율 곁에만 있었다는 얘기에 바율은 그야말로 깜짝 놀랐다.

항상 맴돌고 있었는데 보지 못한 것이고, 기절한 이후에는 바율이 원하지 않는 것 같아 나타나지 않았다고 했다.

바율이 신성력을 몸에 담고서도 이노센트를 만날 수 있었던 건 퀸의 짐작대로 맹세의 표식 때문이었다. 물의 기운이 증폭되면서 눈으로도 볼 수가 있게 된 것이다. 일종의 각성을 한 셈이었다.

그때 바율은 새삼 다행이라고 생각했다. 아카데미에 왔으니 퀸을 만났고, 그 덕분에 정령을 알고 자신이 병자가 아니라는 사실을 깨우쳤다. 일주일 만에 생긴 놀라운 변화였다.

남은 4년 동안 또 어떤 일이 벌어질까. 바율은 처음으로 앞날을 기대하기 시작했다.

―근데 퀸은 어디 있어?

"퀸? 퀸은 왜?"

―아침 먹고 나서부터 계속 안 보이잖아.

"아, 그건 수업이 달라서 그래. 2교시 시작하면 만날 수 있을 거야."

―잉그리드도?

"음, 잉그리드는 글쎄. 에이단에게 물어봐야 할 것 같은데?"

―칫, 잉그리드랑 놀아야 재밌는데.

물의 기운 때문인지 이노센트는 유독 퀸에게 호의적이었다. 같은 이유로 퀸 역시 이노센트를 각별히 여기는 눈치였다. 주말 내내 물방울 터뜨리기 놀이를 했던 잉그리드와는 현재 거의 절친 수준에 가까웠다.

"교수님과 얘기하는 동안 조용히 있어 주면 잉그리드도 만나게 해 줄게."

─정말?

"응, 그렇게 할 거지?"

진지해야 할 자리에서 이노센트가 말을 걸거나 왔다 갔다 하면 집중하기 어렵다. 수업 중 딴생각을 하다 걸린 와중에 더 이상의 실수를 해서는 안 되리라.

─알았어! 나 여기서 얌전히 기다리고 있을게. 그럼 되지?

열렬히 고개를 끄덕이는 모습이 영락없는 귀여운 꼬마 숙녀다. 잠시 주변을 살피던 바율은 그런 이노센트의 머리를 다정스레 쓰다듬었다.

─헤헤.

그 손길이 기분 좋은 듯 이노센트가 배시시 웃으며 날아올랐다.

3.

바율이 긴장한 채 로티어스 교수실을 찾았을 때 그는 혼자가 아니었다. 엠블럼이 노란색인 것으로 보아 같은 1학년인 듯한데 키가 무척 컸다. 떡 벌어진 어깨 하며 늘씬한 체구가 기사학부생임을 짐작게 했다.

'로건.'

키가 큰 기사학부생을 만나면 저절로 로건이 떠오른다. 녀석은 언제쯤 만날 수 있을까. 그리운 친구 생각에 바율은 오늘도 마음이 무겁다.

"마침 오는군."

로티어스 교수가 입에 담배를 문 채 가까이 오라며 손짓했다.

"여긴 엘레인. 신학부 1학년. 바율은 알지? 인사들 나눠."

신학부?

기사학부생이란 예상이 빗나갔다. 전부는 아니지만, 신학을 전공한 학생은 대개 사제나 성기사의 길을 걷는다. 장담하건대 기사학부생이 아니라면 엘레인은 분명 성기사 쪽이었다.

"안녕하십니까, 처음 뵙겠습니다."

"네, 안녕하세요."

상대의 정중한 인사에 바율도 예를 갖춰 인사했다. 변성기가 온 것인지 아니면 원래 그런 것인지 목소리가 약간 쉰 듯하면서도 굵었다.

"야야! 니들이 무슨 삼십 대 아저씨냐? 같은 신입끼리 안녕하십니까가 뭐냐, 안녕하십니까가? 보는 내가 다 어색하다, 이 녀석들아!"

어색하기로 따지면 바율이 더했다. 상대는 같은 학년임에도 분위기가 상당히 성숙했다. 묵직하면서도 단단한 느낌이랄까. 신을 섬기는 자들만의 진중함인가 홀로 짐작해 볼 따름이었다.

"교수님, 그럼 저는 이만 가 보겠습니다."

"도망치는 거냐? 어쨌든 알았다. 알려 줘서 고맙고. 내일 수업 시간에 보자."

가벼운 묵례 후 엘레인이 퇴장했다. 그의 뒷모습을 우두커니 좇던 바율에게 로티어스 교수의 활기찬 음성이 전해졌다.

"바율, 기쁜 소식이다. 바그너 사제님이 오늘 아침 완전히 회복하셨단다."

"…바그너 사제님이요?"

"널 치료했던 분인데, 몰랐니?"

"그땐 경황이 없어서…… 한데 그분이 어디가 편찮으셨던 겁니까?"

바율은 금시초문이었다. 치료 도중 정신을 잃으셨단 얘기를 듣긴 했지만, 금방 깨어나신 줄 알았다. 자신이 그러했듯이 말이다.

"널 치료하며 무리를 하신 모양이다. 신성력은 마법사나 기사들의 마나보다 회복이 더딘 편이거든. 힘든 치료 직후엔 종종 있는 일이다."

신성력 치료라면 어려서부터 질리도록 받았다. 하지만 이번처럼 사제가 아프거나 쓰러졌던 적은 한 번도 없었다.

'신성력에 대한 반발력.'

맹세의 표식으로 바율이 지닌 물의 기운이 커지면서 이같은 일이 벌어졌다고 퀸은 말했었다. 신성력은 신실한 신앙심을 바탕으로 한 특별한 소수만이 펼칠 수 있는 절대적인 힘이다. 그런 신성력과 맞서 이길 만큼 정령의 힘이 강력하다니 새삼 놀랍다.

"넌 좀 어때?"

"…네?"

"몸 어떠냐고. 이후로 별다른 증상은 없나?"

"아, 전 괜찮습니다. 심려 끼쳐 죄송합니다."

"네 체질에 대해서라면 따로 전해 들은 것도 있고 해서 알고는 있었다만, 그렇게 갑자기 기절할 정도로 심각하다고 여기지 못한 게 사실이다. 앞으론 나도 신경을 더 쓰도록 할 테니, 바욜 너도 신전에 자주 들러서 건강 점검하는 것 잊지 마라."

모든 게 정령 때문이었으니 신성력 치료는 더는 필요 없다. 하지만 기절까지 한 마당에 갑자기 치료를 중단한다면 이상히 여길 것이다. 아버지의 귀에도 들어갈 테고.

"알겠습니다."

바욜은 일단 알겠다고 대답했다. 서서히 자연스럽게 횟수를 줄이면 되겠지.

"좀 전에 봤던 엘레인이 신전과 너 사이의 연락을 담당하기로 하였다. 말수가 적은 편이지만, 믿음직한 녀석이니 친하게 지내면 좋을 거다."

"…다른 말씀은 없으시던가요?"

"다른 말? 어떤?"

"바그너 사제님께서 저에 관해……."

"아, 깨어나시자마자 네 상태가 어떤지 물으셨다고 하더구나. 본인도 힘든 와중에 환자 걱정부터 하다니, 대단하지?"

"그거…… 뿐인가요?"

그날의 이상한 광경을 사제님도 분명 보았다고 했다. 그렇다면 응당 어떤 반응이 있어야 할 텐데, 그에 관한 얘기가 한마디도 없다.

'혹 아무 말씀도 안 하신 걸까? 어째서?'

"감사 인사라도 하고 싶은 거라면 방과 후 찾아가 보는 것도 좋겠지."

"…네."

"참고로 란데르트 공작 전하껜 내가 따로 연락드렸다. 괜찮아졌다고는 하나 아무래도 아셔야 할 것 같아서."

예상했던 바다. 어차피 교수님이 아니더라도 아버지께선 다른 경로를 통해 그날의 일을 알게 되실 터였다. 그게 언제, 누구에 의해서냐의 차이만 있을 뿐이다.

첫 소식은 기뻐하실 만한 걸 전하고 싶었는데.

걱정은 하실까?

씁쓸함이 입안을 감돈다.

"또 무슨 생각 중이지?"

"…예?"

"얼굴에 그렇게 쓰여 있어. 무슨 고민거리라도 있는 건가?"

로티어스 교수가 사뭇 진지하게 물었다. 머리는 여전히 까치집에 턱에는 수염이 듬성듬성 지저분하게 나 있고 입에는 꽁초가 물려있지만, 눈빛만은 매우 강렬했다.

바율은 침을 꿀떡 삼키며 답했다.

"없습니다, 그런 거."

"그래?"

"네."

"알았다. 지금은 일단 그렇게 정리하자. 중요한 건 내 사무실은 언제든 열려 있다는 거야. 무슨 의미인지 알지?"

"…감사합니다."

"그럼 우리 이만 나갈까?"

때마침 수업 종이 울렸다. 1교시 때보다 더 두꺼운 책을 허리에 끼고 나서는 로티어스 교수의 뒤를 침울한 표정의 바율이 뒤따랐다.

—바율!

문이 열리자마자 한달음에 달려오던 이노센트가 그런 바율을 보고 멈칫했다.

—왜 그래? 무슨 일 있었어?

아니야, 아무것도.

바율은 흐릿하게 웃으며 고개를 저었다.

—흐음, 아닌데. 마음이 무거워졌는데. 혹시 이 사람 때문이야?

이노센트가 팔짱을 낀 채 로티어스 교수를 노려보았다. 볼까지 실룩이며 눈을 흘기는 모습이 제법 앙칼졌지만, 그보다는 귀여움이 컸다. 바율은 자기도 모르게 픽 웃고 말았다.

"왜 웃지?"

앞서 걷던 로티어스 교수가 당연히 그런 바율을 이상하다는 듯 돌아봤다.

"뭐 재미난 거라도 보았나?"

"아, 그게……."

당황한 바율이 머뭇거리자 교수의 눈초리가 점점 수상하게 변했다. 뭐라도 말하지 않으면 안 될 것 같은 분위기였다.

─쳇, 사람이 마음대로 웃지도 못하나? 바율, 내가 혼내 줄까?

뭐? 아니!

'안 돼! 절대 안 돼!'

변명거리를 찾던 바율은 정신이 번쩍했다. 녀석이 물벼락을 뿌리던 장면이 순간 뇌리를 스친다.

다른 사람도 아니고 교수님에게 물세례라니. 그것도 이런 복도에서! 그런 사고만은 반드시 막아야 했다.

"교, 교수님!"

바율은 성큼 로티어스 교수 앞으로 다가섰다.

"혹시 정령에 대해 아시나요?"

"정령?"

"네, 들어 보셨는지⋯⋯."

"글쎄, 난 처음 듣는데. 그게 뭐지?"

하, 역시.

"음? 뭔가 실망한 눈빛인데?"

"아니요, 그건 아니고⋯⋯."

"힌트 좀 줘 봐."

"⋯네?"

"정령이 뭐냐며. 힌트라도 줘야 알아보든가 하지."

"아, 아닙니다. 괜찮습니다. 제가 알아볼게요."

"그래? 그렇담 할 수 없지. 제자가 홀로 열심히 해 보겠다는데 가만히 지켜보는 수밖에. 그래도 한 가지 팁을 좀 주자면."

어느새 강의실에 다다랐다. 문고리로 손을 가져가던 로티어스 교수가 바율을 돌아봤다.

"스터벤라우치 도서관에 가 봐. 거기라면 그 정령인지 뭔지에 대한 자료가 있을 거다."

"스터벤라우치 도서관이요?"

생소한 이름에 바율이 고개를 갸웃하자 로티어스 교수가 웃었다.

"처음 듣나? 하긴 거긴 4학년 중에서도 모르는 녀석이 태반이지. 그만큼 별로 중요하지 않은 곳이라서."

그런 곳에 어떻게 교수님도 모르는 정령에 대한 자료가 있다는 겁니까?

바율의 얼굴은 그리 묻고 있었다.

"제일 오래됐거든."

"……?"

"신전을 제외하면 캐링스턴에서 역사가 가장 깊은 곳이지. 가서 보면 뭐 이런 데가 다 있나, 쓸데없는 곳 같단 생각이 들겠지만, 잘 찾아보면 다른 데서는 절대 구할 수 없는 것들이 나오곤 하거든. 그게 그곳이 아직 존재하는 이유이고."

다른 데서는 찾을 수 없는 게 있다?

지금의 바율에게 이보다 더 유혹적인 말은 있을 수 없었다. 어쩌면 정령에 대한 단서를 발견할지도 모른다.

"어디에 있나요?"

"진짜 가 보려고?"

"네!"

"보기보다 행동력 있네?"

마음에 든다는 듯 그가 빙긋 웃으며 도서관의 위치를 설명했다.

"참, 번에게 안부 전해 줘. 조만간 망고 주스 들고 가겠다고."

"번이요? 그게 누군데요?"

바율이 물었으나 로티어스 교수는 이미 강의실로 들어서고 있었다. 그리고 바율은 정확히 두 시간 후 이름의 주인공과 대면했다.

4.

"안녕! 반가워. 난 번이야."

남자의 첫인상은 나무뿌리 같았다. 길고 풍성한 갈색의 머리칼을 여러 가닥으로 굵게 땋아 내린 모습이 상당히 파격적이다.

저 상태로 머리를 감을 순 있을까? 일일이 다 풀려면 시간이 꽤 걸릴 것 같은데.

"넌 바율이지? 말 안 해도 알겠다. 은발이 확 튀네."

바율이 싱거운 상상에 빠진 사이 남자가 후다닥 다가오더니 대뜸 머리를 만졌다.

"정말 예쁘다. 금발은 많이 봤는데 은발은 처음이야. 가까이에서 보니 반짝반짝 빛이 나네. 머릿결도 어쩜 이렇게 부드러워? 피부도 완전 뽀얗고. 눈동자는 잿빛인가? 회색? 아훗, 신비롭다! 내가 상상했던 것보다 훨씬 미소년이야!"

이 사람 미소년의 뜻은 알고나 쓰는 걸까? 일라이를 아직 만나 보지 못한 게 틀림없다. 그랬다면 자신을 붙들고 이런 말을 늘어놓지는 못하리라.

"저번에 쓰러졌다면서? 이젠 괜찮은 거야?"

"…네, 뭐."

바율은 슬그머니 한 발짝 뒤로 물러났다. 머리칼이 손아귀에서 사라지자 아쉬운 듯 그가 한숨을 내뱉었다. 이상한 남자였다.

"근데 어쩐 일이야? 여길 편입생이 어떻게 알고 왔대?"

"로티어스 교수님께서 알려 주셨어요. 제가 찾아볼 게 좀 있다고 하니까."

"아하, 교수님이 알려 주셨구나. 그분이 여기 단골이시긴 하지."

"안부 전해 달라고 하셨어요. 조만간 망고 주스 가지고 오시겠다고."

"난 최고급 망고 아니면 안 먹는데."

아무거나 잘 먹게 생겼다고 바율은 차마 대답하지 못했다. 그저 까다롭네, 라고 속으로 생각만 했을 뿐.

"암튼 뭐 그건 됐고, 너 여기 올 때 물의 정원 쪽으로 왔어?"

"네, 혹시 다른 길이 또 있나요?"

로티어스 교수가 알려 준 길은 거기뿐이었다. 지금쯤 이노센트는 그곳에서 신나게 놀고 있을 터였다. 원래는 함께 와서 찾아볼 예정이었는데, 녀석이 놀고 싶어 하는 것 같아 두고 왔다.

"저기로 쭉 가다 왼쪽으로 돌면 작은 쪽문이 나오거든. 거기로 나가면 신전에서 키우는 약초밭이 있을 거야. 냄새가 좀 고약하긴 한데 그쪽이 지름길이야. 담부턴 거기로 다녀. 내가 특별히 알려 주는 거다?"

안 그래도 물의 정원을 통해 오는 길이 멀다 느끼던 참이었다. 초면에 태도가 다소 무례하긴 하나 나쁜 사람은 아닌 듯했다.

"감사합니다."

"암, 감사해야지. 자, 먹어."

뜬금없이 그가 빵 조각을 내밀었다.

"점심도 안 먹고 바로 왔지? 출출할 텐데 받아."

"아니요, 괜찮습니다. 배가 별로 안 고파서요."

"끼니는 제때 챙겨 먹는 게 중요한 거야. 그러다 또 쓰러질라."

피하고 싶은 주제가 자꾸만 나온다. 점심도 거르고 도서관을 찾은 이유는 정령에 대한 실마리를 얻기 위해서였다. 누군지 잘 알지도 못하는 남자에게 붙잡혀 귀찮은 질문에 허덕일 시간이 없다.

"그럼 전 이만 자료 좀 찾으러……."

"찾는 게 뭐야? 내가 도와줄게."

"아닙니다. 혼자서도 충분합니다."

"여긴 다른 도서관과 달라. 사서인 내 도움 없인 원하는 자료 찾기 쉽지 않을걸?"

"…사서요?"

"몰랐어? 스터벤라우치 도서관의 유일한 사서이자 도우미, 번. 나 이래 봬도 꽤 유명한데?"

좀 전엔 여길 어떻게 알고 왔느냐 묻더니, 이젠 왜 모르느냐는 얼굴이다. 역시 이상한 사람이었다.

"뭐, 이제 막 입학했으니까. 이해할게."

"네, 그럼 전……."

"도와준다니까?"

바율이 움직이려 하자 번이 막아섰다.

"혼자서는 정말 힘들 거야. 나 일부러 이러는 거 아닌데."

"오늘은 조용히 둘러보고 싶어서요. 말씀은 감사합니다."

"나랑 있는 게 불편해?"

"그렇다기보다……."

"쳇, 알았어. 싫다는데 억지로 강요할 순 없지. 내 스타일 아니야."

의외로 포기가 빠른 남자였다. 그가 대뜸 손으로 벽을 가리켰다.

"저기 보이지? 스터벤라우치라고 쓰여 있는 거."

"네."

"그분이 직접 쓰신 거야."

"…그분이요?"

"스터벤라우치 백작 말이야. 백작은 살아생전 엄청난 수집가였어. 다양한 방면으로 연구도 많이 하셨지. 여긴 그의 기증으로 지어진 곳이야. 그래서 이름이 스터벤라우치 도서관이지. 지금은 찾는 사람이 거의 없는 이름뿐인 도서관이지만, 예전엔 여기서 살다시피 하는 학생들도 있었대. 재미난 것들이 아주 많았거든. 알고나 있으라고."

도서관을 이용하는 사람이라면 반드시 알아야 할 상식이란 설명을 끝으로 번이 비켜났다. 서운한 기색이 얼굴에 역력했지만, 바율은 애써 모른 척 감사 인사를 건네고는 서둘러 안쪽으로 걸음을 옮겼다. 다음부터는 최대한 그의 눈에 띄지 않게 방문하겠다는 다짐을 하면서.

5.

스터벤라우치 도서관의 규모는 생각보다 크고 복잡했다. 공간은 넓지만 그곳을 채우고 있는 물건이 그 이상으로 많다 보니 똑바로 걷기조차 힘든 순간을 종종 맞이했다. 도서관이 아니라 창고에 들어와 있나 착각이 일 정도로 물건들이 아무렇게나 쌓여 있기도 했다.

시설 대부분이 낡고 오래되다 보니 곳곳에 묵은 때가 보이고, 어디선가 정체를 알 수 없는 퀴퀴한 냄새도 풍겼다.

그럼에도 바율은 이곳이 마음에 들었다. 오랜만에 남들 눈에서 벗어나 홀로 맞이하는 시간이었다. 고즈넉함이 주는 이 편안함을 오래도록 유지하고 싶었다.

'위층으로 올라가 보자.'

오늘은 첫날이니 전체적으로 살펴볼 생각이었다. 회중시계를 꺼내 남은 점심시간을 확인한 후 바율은 계단으로 향했다.

"…응?"

그러다 그녀를 발견했다. 아이들에게 얼음 여신이라 불리는 소녀. 라나사가 미간을 잔뜩 찌푸린 채 책장을 올려다보고 있었다.

'어쩌지.'

바율은 갈등했다. 한 사람이 겨우 지날 수 있는 통로에 라나사가 서 있었기 때문이다. 이 층을 돌아보기 위해선 반드시 그녀를 거쳐야만 했다.

가서 비켜 달라고 할까? 아니면 좀 기다려 볼까?

까칠했던 그녀의 모습이 떠오르며 바율은 고민에 휩싸였다. 그간 봐 온 대로라면 그녀는 말 붙이는 것조차 싫어할 게 분명하다. 첫 만남의 실수를 되풀이하고 싶지는 않았다.

"찾았다!"

그때 갑자기 그녀가 소리쳤다. 처음 보는 낯선 미소를 지으며 까치발을 딛고 머리 위로 팔을 길게 뻗는다.

"조금만, 조금만 더……."

닿을락 말락 하던 그녀의 손끝에 드디어 책 한 권이 걸렸다. 멀리서 보기에도 꽤 두꺼운 책이었다.

"어, 어……!"

역시나 책의 무게 때문이었을까. 기뻐하던 라나사가 균형을 잃고 잠시 휘청거렸다. 넘어질 정도는 아니었지만 그만 그녀의 팔꿈치가 옆의 상자 더미를 건드렸다.

툭!

위태롭게 포개져 있던 상자들이 불안한 듯 흔들리더니 밑으로 낙하하기 시작했다. 그 아래엔 막 책을 손에 넣고 좋아하는 라나사가 있었다.

"피해!"

바율이 고함치자 그제야 라나사가 돌아봤다.

우당탕탕!

모든 게 순식간에 벌어진 일이었다. 자욱한 먼지 사이로 상자 더미 아래 깔린 라나사의 모습이 들어왔다. 바율은 놀란 가슴을 추스르며 황급히 달려갔다.

"괘, 괜찮아?"

다행스럽게도 상자는 별로 무겁지 않은 것들이었다. 힘없는 바율도 손쉽게 들 수 있는 정도였다.

"어디 다친 데 없어?"

바율이 손을 내밀었으나 라나사는 홀로 바닥을 짚고 일어섰다. 머리가 좀 헝클어지고 먼지를 뒤집어쓴 것 말고 별다른 이상은 없어 보였다.

"이쪽도……."

먼지를 털어 내는 그녀에게 바율이 허리 부근을 가리켰다. 하얀 가루 같은 것이 진하게 묻어 있었다.

탁! 탁!

잠시 멈칫하던 그녀가 이내 말없이 다시 먼지를 털어 냈다. 그 사이 바율은 넘어진 상자 더미를 한쪽 벽면으로 밀었다. 좁지만 새로운 통로가 생겨났다.

"자, 여기."

넘어지면서 흘린 라나사의 책을 집어 그녀에게 건넸다.
겉면에 웬 여자의 얼굴과 함께 '마가렛'이라 쓰여 있었다.

"내놔!"

지금껏 무시하듯 한마디도 않던 라나사가 날 선 목소리
로 빼앗듯 책을 가져갔다.

"미, 미안."

그녀의 태도가 어찌나 살벌한지 바율은 잘못한 것도 없
으면서 사과를 했다.

"난 그냥 돕고 싶어서……."

"시끄러워."

"…뭐?"

"나한테 신경 끄라고. 넌 남 훔쳐보는 게 취미야?"

"아니, 그런 거 아니야! 난 그냥 우연히 왔다가……."

라나사의 냉랭한 대꾸에 당황하던 바율은 이내 기차에서
의 일을 떠올렸다.

"기차에서는 미안했어. 그렇게 쳐다보는 게 아니었는
데…… 말하지 않을게!"

뒤돌아 나가려던 라나사가 걸음을 멈춰 세웠다.

"그때 일 말이야. 아무에게도 말 안 할 테니 안심하라……!"

"닥쳐!"

그녀의 보라색 눈이 활활 타올랐다.

"떠벌리고 싶으면 얼마든지 떠벌려. 난 상관없으니까!"

"아냐, 진짜로 말……."

"입이 근질근질한가 보지? 난 말이야. 너 같은 애들이 제일 짜증 나. 개뿔 할 줄 아는 건 하나도 없으면서, 부모 잘 만나 쉽게 살아가는 한심한 족속들."

"……!"

"경고하는데 다신 나한테 말 걸지 마. 얼굴만 봐도 역겨우니까."

라나사의 눈빛은 거의 혐오에 가까웠다.

내가 뭘 잘못한 거지?

너무 황당해선지 별로 화는 나지 않았다. 그저 이유가 궁금했다. 자신이 당한 분풀이의 근원이 무엇인지.

Chapter 4.
약초학 수업

1.

"바율! 너 점심도 안 먹고 어딜 다녀오는 거야? 내가 얼마나 찾았는지 알아?"

"라이, 무슨 일이야?"

막 강의실로 들어서던 바율은 의아했다. 잠시 후면 4교시 약초학 수업이 시작할 시간인데 아이들이 우르르 밖으로 나가고 있었던 것이다. 또 과목이 변경이라도 된 건가.

"수업 장소가 바뀌었어. 간밤에 아말이 피었다고 하더라."

"아말? 그거라면……?"

"응, 아말룬을 만들 때 꼭 필요하다는 그거. 우리가 운이 좋은가 봐, 아말을 다 보고."

"아말은 특정한 조건에서만 자란다고 하던데, 그게 여기 있었던 거야?"

"나도 듣기만 했지, 보는 건 처음이야. 얼른 가자. 이러다 늦겠다."

어느새 강의실이 텅 비었다. 일라이의 재촉에 내려놓았던 책을 다시 손에 들고 바율은 서둘러 강의실을 벗어났다.

"근데 우리 어디로 가는 거야?"

"내가 전에 말했던 곳."

"…전에 말했던 곳?"

"응, 기억해 봐."

일라이가 돌아보며 씩 웃었다. 왠지 불길한 웃음이었다.

아니나 다를까. 목적지에 도착한 바율은 숨을 훅 들이마셨다.

"여긴……!"

숲이었다. 일전에 일라이가 말했던 한낮에도 컴컴하고 위험한 것들로 득실하다던 그곳. 바로 타락의 숲이었다.

"라이, 바율!"

아이들 틈에서 에이단이 폴짝거리며 손을 흔들었다. 옆에는 퀸도 있었는데, 무슨 기분 나쁜 일이라도 있었는지 표정이 안 좋았다. 키가 큰 퀸의 얼굴은 상대적으로 매우 잘 보였다.

"에이단, 어쩐 일이야? 지금 무기술 시간 아닌가? 퀸도 제국어 수업이라고 알고 있는데……?"

"아말이 피었다잖아. 그러면 무조건 합동 수업이야. 흔히 볼 수 있는 게 아니니까."

"합동 수업?"

"가끔 있는 일이야."

그러고 보니 모여 있는 인원이 상당했다. 보통 열에서 스무 명 정도가 함께 수업을 듣곤 하는데 오늘은 족히 오십 명은 넘는 듯하다. 낯선 인물이 꽤 많았다.

'역시 없는 건가…….'

혹시나 싶어 발꿈치를 들고 살펴보았으나 로건의 모습은 찾을 수 없었다.

"점심시간엔 어딜 간 거지?"

바율이 주변을 돌아보는데 말없이 서 있던 퀸이 대뜸 물었다.

"그래, 바율. 너 어디 갔었어? 나랑 라이가 얼마나 찾았다고."

"밥은 먹었어? 보나 마나 안 먹었지?"

"…내가 말을 안 하고 갔던가?"

셋이 한꺼번에 따지듯 물어 오자 바율은 순간 당황했다.

"말했으면 내가 거기로 갔겠지. 너 3교시 수업 끝나기가 무섭게 쌩하니 사라졌잖아."

"그, 그랬나?"

사실 어쨌는지 바율도 잘 기억나지 않았다. 수업을 듣는 내내 도서관에 빨리 가야겠단 생각뿐이었다.

"어서 말해. 어디 갔다 왔어?"

"도서관에 좀 다녀왔어."

"도서관?"

"갑자기 도서관은 왜?"

"정령에 대해 알아보려고."

혹시 누가 들을까 싶어 바율은 목소리를 낮췄다.

"로티어스 교수님이 알려 주셨거든. 스터벤라우치 도서관에 가 보라고. 너희도 거기 알아?"

"스터벤라우치 도서관이라면 물의 정원 끄트머리에 있는 거기?"

일라이와 퀸이 인상을 쓴 반면 에이단은 반가워했다.

"나야 당연히 가 봤지. 책 배달하는 게 일이잖아. 신기한 거 엄청 많던데?"

"도서관인데 신기한 게 많다고?"

"거긴 책만 있는 게 아니거든. 미술품부터 동물 박제, 무기, 장신구 등 별 희한한 것들이 다 있더라."

"그래? 재미난 곳 같은데 난 왜 몰랐지."

"나도 책 배달하다가 알게 된 거야. 구석진 곳에 있어서 찾아오는 애들도 별로 없고 조용한 게 괜찮더라고. 좀 지저분하긴 하지만."

"응, 냄새도 나."

바율이 동조하자 에이단이 '맞아, 맞아' 하며 웃었다.

"혼자 간 건가? 아니면…… 이노센트도?"

이노센트를 찾는 건지 퀸이 바율 주변의 허공을 살폈다.

"없어, 퀸. 물의 정원에서 놀다가 잠든 것 같아."

"그래서 도서관에서 뭐 좀 알아낸 건 있어?"

"처음이라 그냥 살펴보기만 해서 아직 몰라. 곧 다시 가 보려고."

"근데 그런 곳에 정말 정령에 대한 게 있을까?"

"교수님 말씀이 아카데미에서 가장 오래된 곳이래. 그래서 다른 데서는 찾을 수 없는 게 있을 수도 있다고 하셨어."

"교수님께 정령에 대해 직접 물어본 거야?"

"응, 알고 계시나 해서 여쭤봤는데 역시 모르시더라고. 교수님도 모르는 걸 너희 둘이 알고 있다니, 다시 생각해도 신기하다니까."

"내 말이. 얘네 좀 수상하지 않냐?"

에이단이 바율 옆에 찰싹 붙어서는 가늘어진 눈으로 퀸과 일라이를 흘겨봤다.

"그래도 다행이야. 덕분에 내가 병에 걸린 게 아니란 걸 알게 돼서. 인사가 늦었지? 퀸, 라이, 에이단. 모두 정말 고마워. 너희는 내게 은인이나 마찬가지야."

진즉 하고 싶은 말이었다. 바율이 진심을 담아 친구들을 향해 미소를 짓는 그때, 불현듯 듣기 싫은 목소리가 끼어들었다.

"호오, 뭐가 그렇게 고마우실까?"

음성의 주인공은 자레드였다. 녀석이 언제나처럼 패거리를 이끌고 나타났다.

"너도 왔냐?"

"아말인지 뭔지 귀찮아서 패스하려고 했는데 문득 걱정이 좀 돼서 말이야."

"또 무슨 헛소리를 하려고? 걱정이란 말의 뜻은 알고서 하는 거냐?"

"땅꼬마, 너보다는 많이 알걸?"

자레드가 히죽거리자 패거리들이 따라서 낄낄거렸다.

"너희도 생각을 좀 해 봐. 바율이 혼자 있다가 저번처럼 또 쓰러지면 어떡하냐? 돌덩이에 머리라도 부딪치면 죽을 수도 있다고. 타락의 숲이 좀 위험한가? 어휴, 내가 무서워서 잠이 다 안 오더라니까?"

부르르 어깨까지 떠는 모습이 유치하기 짝이 없다. 늘 그랬듯 바율은 상대할 가치를 느끼지 못했다.

"어색해서 못 봐 주겠네. 인간적으로 가서 연습 좀 더 하고 오는 게 어때? 그렇게 해서 누가 믿겠냐?"

"뭐?"

"발전이 없어도 너무 없잖아. 이쯤 했으면 막 진짜 같고 그래야 하는데, 내가 손발이 다 오그라든다. 부끄러움은 우리 몫인 거냐? 소울을 좀 담아 보라니까. 소울, 알지? 아, 머리 나빠서 모르나?"

"풉!"

역시 자레드의 천적다웠다. 에이단의 비아냥에 웃음을 참는 소리가 들려왔다. 자기보다 머리 하나는 더 큰 상대 앞에서 꼿꼿이 허리를 펴고 또박또박 대꾸하는 녀석의 모습은 누가 봐도 통쾌하기 그지없다.

어디 가서 돈 주고도 보지 못할 장면이지 않은가. 권세가의 아들이 가난한 근로 장학생에게 면박을 당하는 광경이라니.

자레드도 항상 먼저 시비를 걸고서 번번이 얼굴이 붉어지는 걸 보면 에이단의 그런 신분 때문일 것이다. 하찮게 여기는 존재에게 업신여김을 당하는 기분이란 아마도 꽤 수치스러울 터. 이 모든 건 학생이라면 모두가 평등하다고 여기는 캐링스턴이기에 가능한 일이었다.

"이익, 가난뱅이 주제에……!"

"할 말이 그거뿐이지? 근데 너 머리 진짜 나쁜가 보다. 내가 누누이 말했잖아. 내가 쓸 만큼은 충분히 벌고 있다고. 그러니 상관 말아 줄래?"

"네까짓 게 돈이 충분하다고? 핫, 어디서 몰래 훔치기라도 했나 보지?"

"말 함부로 하지 마라. 내가 일해서 떳떳하게 번 내 돈이니까."

"왜 그렇게 정색이야? 그러니까 더 수상한데?"

건수라도 잡은 듯 자레드의 눈동자가 순간 사악하게 빛났다.

"얘들아, 요즘 교내에 손버릇 나쁜 쥐새끼 한 마리 있다고 하지 않았냐?"

"쥐새끼?"

"그래, 뭐가 자꾸 없어진다며. 너도 이번 달 용돈 털렸다고 안 했어?"

"아, 그거? 맞아! 어떤 새낀지 잡히기만 해 봐! 내가 아주 그냥 아작을 내 버릴 테니까!"

"잡은 것 같다."

자레드가 에이단을 노려보며 입술을 축였다.

"이 새끼 돈 없는 거 모두가 아는 사실이잖아. 너지? 네가 훔쳐 간 거지?"

억지 중의 억지였다. 가난하다는 이유로 다짜고짜 사람을 도둑으로 몰다니 이처럼 어이없는 일이 또 있을까. 놈이 제정신 아니라는 건 알았지만, 또 한 번 말문이 막힌다.

"소설을 쓰려면 네 방 가서 써 줄래? 왜 멀쩡한 사람 붙들고 도둑 취급이야?"

웬만하면 자레드 무리와 엮이지 말자는 게 일라이의 평소 신조였다. 겁이 나서가 아니라 귀찮아서 그랬다. 엉켜 봤자 좋을 게 없으니까. 하지만 친구가 모욕당하는 걸 참고 볼 수는 없다.

"에이단이 훔쳤단 증거 있어? 있으면 어디 가져와 봐. 우린 당당하니까!"

"이런, 내가 널 깜박했네. 너도 유력한 용의자인데 실수할 뻔했다."

"왜? 나는 근본도 모르는 집시라서?"

"와우, 제법 주제를 아네? 그 점은 마음에 드는걸?"

"자레드, 그만해!"

"여어, 바율. 지금 나한테 소리친 거야?"

참다못한 바율이 버럭 고함을 지르자 자레드의 눈이 둥그레졌다.

"내가 다 창피해서 말이야."

"…창피?"

"너와 아무 상관 없는 나도 이런데, 헥터 공작님께서 보시면 얼마나 창피할까? 아버지 생각은 안 해 봤니?"

귀족이라는 이유만으로 상대를 멸시하고 깔보는 녀석의 행태는 이제 지긋지긋하다. 남에게 훈계할 처지는 못 되지만 더 이상은 두고 볼 수 없었다.

"더 망가지기 전에 내가 충고 하나 할게. 그렇게 좋아하는 귀족으로 태어났으면 귀족답게 좀 굴어. 너처럼 못돼 먹은 짓은 짐승들도 안 하니까."

"뭐, 뭐엇? 짐승? 너…… 지금 나를 짐승에 비교한 거냐?"

"어, 짐승에게 못 할 짓이지. 미안하게 생각해."

"이런, 미친……!"

삐이이이—

자레드의 눈이 뒤집히기 직전이었다. 때마침 호각 소리와 함께 교수님이 나타났길 망정이지 하마터면 육탄전이 벌어질 뻔했다.

"너 이따가 보자."

부드득 이를 갈며 자레드가 멀어졌다. 당장에라도 덤벼들 것처럼 녀석의 눈이 매섭게 타올랐지만, 바율은 조금도 무섭지 않았다.

2.

"안녕, 제군들! 주말 잘 보내고 왔나?"

유쾌한 음성을 발하며 등장한 이는 약초학 교수이자 터 틀킹을 담당하고 있는 와이트 처치 교수였다. 캐링스턴에 서 유일한 이십 대 교수인 그는 남다른 유머 감각과 훈훈한 외모 덕분에 여학생들 사이에서 인기가 높았다.

"야외에서 만나니까 왜 더 반갑지?"

"저희도요!"

"밖에서 보니까 더 잘생기셨어요!"

누군가의 외침에 여학생들이 단체로 비명을 지르자 와이 트 교수가 이마를 짚으며 갑자기 고뇌하는 표정을 지었다.

"이거 큰일이네. 여기서 더 잘생겨지면 곤란한데."

"꺄아! 어떡해! 넘 멋있잖아!"

"악, 귀여워!"

대부분의 여학생이 이런 반응인 반면.

"웩, 토 나올 것 같아."

"이 수업 꼭 들어야 하나."

"집에 가고 싶다……."

남학생들 대개는 짜증이 역력한 얼굴이었다. 그러거나 말거나 멋진 미소를 날리며 와이트 교수가 말했다.

"자, 잘생긴 내 얼굴에 관해선 다음에 다시 얘기하기로 하고 이제부터 잘 들어라. 여긴 타락의 숲이다. 낮에도 빛 한 점 들어오지 않는 매우 위험천만한 곳이지. 그런 곳에 우리가 왜 가는 것이냐? 그건 다들 알다시피 이 안에 아말이 있기 때문이다."

그가 목에 건 호각을 가리켰다.

"지킬 것은 딱 한 가지다. 호각 소리를 듣고 잘 따라올 것!"

웃음기가 싹 사라졌다. 교수의 음색은 어느 때보다 진중하고 엄격했다.

"횃불을 켜도 숲에 들어가는 순간 시야 확보가 어려워진다. 앞사람을 놓치거나 길을 잃었을 땐 당황하지 말고 귀를 기울여라. 호각 소리가 들린다면 그곳이 바로 내가 있는 곳이니까. 알겠나?"

"네!"

"명심해라. 이 호각이 너희의 생명줄이 될 수도 있다. 바보같이 낙오되었다간 알지? 벌점 10점이다!"

"으항, 교수님! 벌점 10점은 너무해요!"

"맞아요! 낙오되고 싶어서 낙오되는 것도 아닐 텐데 그건 너무 가혹합니다!"

"그러니까 정신 똑바로 차려야지! 다시 한번 말하지만, 앞사람 잘 살피고 뒤처지지 않게 유념하도록!"

와이트 교수가 신호하자 그와 같이 온 제복 차림의 사내들이 숲 입구에 정렬했다. 그들의 손에는 각기 홰가 들려 있었다.

"라이, 저분들은 누구셔?"

"아카데미 경비대야. 낮이나 밤이나 지나칠 정도로 우리를 굳건히 지켜 주시는 분들이지."

어쩐지 불만이 가득 서린 말투였다. 바율이 이유를 물어보려는데 와이트 교수가 출발을 명했다.

"자, 그럼 신학부에서 채 가기 전에 얼른 들어가 확인해 보자. 둘씩 짝지어서 따라와야 한다!"

와이트 교수가 익숙한 발걸음으로 제일 먼저 숲으로 들어섰다. 그 뒤를 횃불 든 경비대가 따랐고 아이들도 하나둘 줄지어 사라졌다.

"우리도 가자."

일라이가 바율의 손을 잡았다.

"이러면 헤어질 걱정 안 해도 되겠지?"

"오, 좋은 생각이다!"

에이단이 반색하며 퀸을 올려다봤다.

"우리도……?"

혹시나 했는데 역시나다. 퀸이 일말의 망설임도 없이 홀로 숲을 향해 걸어갔다.

"야, 퀸!"

에이단이 종종걸음으로 쫓아갔으나 퀸의 보폭을 따라잡기란 만만치 않았다.

3.

타락의 숲은 걱정했던 것보다 위험한 느낌은 아니었다. 컴컴한 어둠 속에서 혼자가 아니라는 건 상당한 위안을 심어주었다. 가끔 정체 모를 울음소리 때문에 등골이 오싹하기도 했지만, 그럴 때마다 바율은 습관적으로 횃불을 좇았다.

어려서부터 기사들을 보고 자라와서일까. 검을 찬 사람들을 보면 왠지 모르게 안심이 된다.

저분들이 있는 한 안전할 거야. 숲을 걷는 내내 바율은 그렇게 스스로에게 되뇌었다.

"자, 다들 주목!"

꽤 깊숙한 곳까지 들어가서야 행렬이 멎었다. 이제껏 지나온 길과는 달리 제법 큰 공터가 그들을 맞았다. 그 공터의 중앙에서 와이트 교수가 횃불을 들고 뒤쪽을 비췄다.

"우린 이제 곧 아말을 보러 갈 것이다. 이 길로 가야 하는데, 보다시피 사람 하나가 겨우 지날 수 있는 수준이다. 해서 여기부터는 조를 짜서 들어간다. 넷이 한 조가 되어 아말을 보고 나오면 또 다른 조가 들어가는 식이다. 알아들었나?"

와이트 교수가 횃불을 치우자 경비대가 먼저 안길로 들어섰다.

"슈스케."

교수의 호명에 한 남학생이 둥글게 말린 종이를 건넸다.

"아말에 대해 짧게 설명하겠다."

주룩, 종이를 펼치자 그림이 나왔다.

"···꽃?"

두루마리에 그려진 건 신기한 빛깔의 꽃이었다. 각기 모양은 다르지만 암녹색 이파리들 사이로 무지갯빛 꽃송이가 피어 있었다. 특이한 것은 꽃이 전부 평평한 땅이 아니라 나무둥치에 돋아 있다는 것이었다.

"아말은 보기 힘든 약초지만, 찾아내는 건 의외로 간단하다. 그림에 보이는 것처럼 무지개 빛깔의 꽃잎만 발견하면 되거든."

와이트 교수가 손가락으로 꽃잎을 콕 찍었다.

"다들 알고 있듯이 아말은 아말룬의 재료가 되는 귀한 약초다. 뿌리를 제외한 전 부분이 약재로 사용되지. 이 아말이 어떻게 해서 생겨나느냐? 그걸 알려면 우선 아말충에 대해 알아야 한다."

와이트 교수가 그림을 뒤집었다.

"악, 징그러워!"

"윽, 뭐야."

이전과 달리 그림에 그려진 건 흉측한 벌레였다. 길쭉한 몸통에 다리가 수만 개 달린, 흡사 지네와 비슷하게 생겼다. 다른 점이라면 꼬리 부분에 몸통의 서너 배가 넘는 촉수 같은 게 달렸는데 끝이 바늘처럼 매우 뾰족했다.

"아말충은 매우 강한 독성을 지닌 벌레다. 주로 어둡고 습한 곳에 서식하는데 고목에 알을 낳는 것이 특징이다. 여기 꼬리에 난 독침 보이지?"

"으아, 교수님! 만지지 마세요!"

와이트 교수가 손을 갖다 대자 한 여학생이 비명을 질렀다. 그림이 너무 실감 났기에 바율은 그 여학생의 마음을 십분 이해했다.

"그림은 그냥 그림일 뿐이다. 다들 집중!"

와이트 교수가 엄중한 목소리로 그림을 더 높이 들었다.

"아말충은 알을 낳은 후 그 주변에 독침을 뿌린다. 새끼가 무사히 나올 수 있도록 적을 차단하는 것이지. 이때 독성이 얼마나 강력한가 하면 나무 자체가 죽는 경우가 허다하다."

"그럼 그 죽은 나무에서 아말이 피어나는 건가요?"

"아니, 그 반대다. 아말은 아말충의 독을 견딘 나무에서만 자란다. 더 정확하게는 그 고목에 씨가 뿌려졌을 때 아말이 피어나는 것이지."

"씨요?"

"그래, 식물의 씨앗 말이다. 그래서 아말은 그림처럼 종류도 모양도 다른 것이다. 어떤 씨가 날아와 뿌리를 내릴지 모르니까."

흥미로운 얘기였다. 종자가 다른 여러 식물이 아말충의 독과 만나 변이를 일으켜 종국에는 다 같은 아말이라는 약초로 태어난다.

강한 독성에 변이가 생기는 건 당연한 이치인데, 상이한 재료에서 동일한 식물이 나온다는 게 참으로 신기하다. 아말충의 독성에 어떠한 성분이 들어 있을지 궁금해지는 순간이었다.

"무시무시하다. 아말 보러 갔다가 아말충이라도 만나면 우리 어떻게 되는 거냐? 독 한 방이면 그냥 죽는 거 아냐?"

에이단이 속닥이는 걸 듣기라도 했는지 와이트 교수가 덧붙였다.

"혹여 아말충이 있을까 걱정할 필요는 없다. 아말꽃이 피었다는 건 아말충의 알이 영양분으로 흡수되었다는 뜻이니까. 아말충에 물릴 일은 절대 없을 테니 모두 안심해도 좋다."

비슷한 걱정을 다들 한 모양인지 안도의 한숨을 내쉬는 소리가 곳곳에서 들려왔다. 몇 가지 주의 사항을 더 전달한 후 와이트 교수가 지시를 내렸다.

"아말의 채집법과 활용법에 관해선 다음 시간에 마저 설명하기로 하겠다. 숲에 머물 수 있는 시간이 길지 않거든. 거기 맨 앞줄부터 들어간다."

바율 일행은 꽤 앞쪽에 있었던 터라 차례가 일찍 왔다.

"와, 꽃잎이 상당히 커."

좁은 길을 지나 그들이 도착한 곳은 또 다른 공터였다. 면적이 협소해 공터라고 부르기엔 다소 무리가 있었지만, 여덟아홉 정도는 서 있을 만했다. 슈스케란 아이가 횃불로 아말을 비춰 주었다.

"예쁘다. 신비로워."

무지갯빛 아말꽃은 그림으로 보았던 것보다 훨씬 아름다웠다. 녹색 잎이 만발한 거대한 나무둥치에 홀로 피어난 꽃은 그 존재감이 대단했다.

작은 꽃 한 송이에 나무 전체가 지배당하는 느낌.

마치 꽃의 여왕을 만난 기분이었다.

"콰니긴 플로르. 아말의 다른 이름이야."

한참을 들여다보고 있자 슈스케가 말을 걸었다.

"콰니긴 플로르? 무슨 뜻이지?"

"…여왕의 꽃."

에이단의 질문에 답한 건 바율이었다.

"북쪽 방언이야. 오랜만에 들으니 반갑네."

꽃을 바라보며 바율은 자기도 모르게 생긋 웃었다.

"바율 네 고향이 해밀턴이지? 거기서도 방언을 사용해?"

"응, 약간씩은. 도시에서 멀어질수록 방언 사용 인구가 많긴 한데, 대다수 사람이 제국 공통어를 사용해. 나도 그런 편이고."

"북쪽 방언은 완전 다른 나라 말이라고 하던데, 진짜야?"

"가끔 나도 이해 못 할 때가 있긴 해. 방언사전을 찾아본 적도 있으니까."

"헐, 그 정도야?"

"이게 다 나라가 쓸데없이 커서 그런 거야. 방언 얘기 그만하고 얼른 이 향이나 맡아 봐라. 달콤한 게 꼭 초콜릿 같다."

번쩍이는 횃불 아래 일라이의 머리칼이 더욱 붉게 타올랐다. 그가 눈을 감고 음미하듯 숨을 깊게 들이마셨다.

"좋다, 좋아."

독을 먹고 자랐으니 독초나 다름없다. 한데 일라이의 말마따나 정말로 진한 초콜릿과도 같은 향이 났다.

"진짜네. 어떻게 이런 향이 나지?"

믿을 수 없다는 듯 에이단의 눈이 휘어졌다.

"이거 만져도 되는 거지?"

녀석의 손은 이미 아말을 향해 나아가고 있었다.

탁!

하지만 아말에 닿기 직전, 나뭇가지 하나가 날아와 녀석의 손목을 때렸다.

"…슈스케?"

"당장 멈춰!"

동시에 뒤쪽에서 낯선 음성이 끼어들었다. 바율은 물론이고 일행 모두 깜짝 놀라 입구 쪽을 돌아봤다.

'응?'

그러던 바율은 순간 멈칫했다. 공터 밖 숲 안쪽에서 뭔가 본 것 같았기 때문이다.

뭐지? 짐승인가?

가슴이 철렁했지만 용기를 내 횃불 너머를 응시했다. 잘못 본 것이라면 다행이고, 그렇지 않다면 소리라도 질러 모두에게 알려야 했다.

'헉!'

그러나 두 개의 불빛과 마주한 순간 바율은 그대로 얼어붙었다. 어둠 속에서 섬뜩한 빛을 발하는 두 개의 눈동자. 그것은 분명 살아 있는 맹수의 눈빛이었다

안광이 무섭도록 형형하다. 말을 해야 하는데 입이 떼어

지지가 않았다. 지난번 자레드의 장난질에 흥분한 말이 날뛰었을 때처럼 몸이 말을 듣지 않았다.

왜 이런 순간에 늘 나는 바보가 되는 걸까. 2년 전 사고가 같이 떠오르며 자괴감이 바율을 짓눌렀다.

"팔 한 짝 잘라 내고 싶어?"

귓가를 울리는 날카로운 음성이 아니었다면 언제까지 그렇게 있었을지 모른다. 바율은 겨우 정신을 차리고 입을 벌렸다. 아니, 그러려고 했다.

'어, 어디 갔지?'

잠시도 눈을 떼지 않았는데 감쪽같이 사라졌다. 불빛은커녕 칠흑 같은 어둠만이 시야를 채운다.

내가 허상을 본 것인가?

하지만 그렇다고 하기엔 느낌이 너무 생생했다. 당장에라도 성난 이빨과 발톱을 드러내며 어둠 속에서 튀어나올 것만 같았다.

"아말꽃을 맨손으로 잡으려고 하다니, 멍청해도 너무 멍청하군."

'저 애는……?'

엘레인이었다. 로티어스 교수님의 방에서 만났던 신학부생. 그가 화난 얼굴로 동행과 함께 다가왔다.

"너 지금 그거 나한테 하는 소리냐?"

멍청하단 소리를 듣고 가만히 있을 에이단이 아니었다. 녀석이 눈을 부라리며 나서자 상대가 웃으며 대꾸했다. 기분 나쁜 웃음이었다.

"고맙단 인사는 미리 사양할게."

"고맙긴 뭐가 고마운데? 넌 이 표정이 고마워하는 것 같냐?"

"슈스케, 넌 옆에서 뭐 했어? 맨손으로 만지면 대형 사고인 거 몰라?"

에이단의 말은 깡그리 무시한 채 엘레인이 슈스케에게 따졌다.

"이거 안 보여?"

둘은 원래부터 아는 사이인 듯했다. 슈스케가 나뭇가지를 들어 엘레인의 얼굴에 대고 흔들었다.

"안 그래도 이걸로 못 만지게 막았거든? 갑자기 나타나서 웬 참견이야? 어련히 알아서 잘하실까."

"조금이라도 늦었으면 어쩌려고? 그런 건 사전에 얘기해서 방지해야지, 왜 맨날 이렇게 굼뜬 건데? 너희 마법학부는 그게 문제야, 알아?"

"너희 신학부나 똑바로 해. 도둑질하러 온 주제에 감히 어디서 설교질이야?"

"우린 정당한 권리 행사를 하러 왔을 뿐이야."

"권리 행사? 하핫, 말은 똑바로 하자. 여기가 너희 신학부 땅이냐? 타락의 숲이 너희 거야? 여긴 엄연히 아카데미 소유야. 고로 아말도 신학부가 아니라 아카데미 것이라는 얘기지. 근데 왜 맨날 너희가 따 가는 건데? 아말에 신학부 소유라고 쓰여 있기라도 하냐?"

"쓰여 있는 거나 마찬가지지."

"뭐야?"

"아말은 아말룬을 만드는 귀한 재료야. 마법학부에서 아말룬 만들 수 있어? 없잖아. 그러니 당연히 우리 거지. 너희가 가져가면 쓸데없는 마법 연구에나 쓸 거 아닌가? 그게 과연 의미가 있을까?"

"쓸데없는? 이 자식, 너 말 다 했어?"

슈스케가 나뭇가지를 바닥으로 내팽개쳤다. 녀석이 씩씩거리며 달려들려는 순간 잽싸게 일라이가 둘 사이를 가로막았다.

"그만, 그만! 이유는 다 알겠는데, 여긴 싸우기엔 적당한 장소가 아니야. 맹수라도 튀어나오면 어쩌려고들 이래? 자, 물러서라고."

'아차!'

바율은 서둘러 주위를 둘러보았다. 돌발 상황에 그만 깜박했다. 다시 나타났으면 어떡하지?

다행히 그건 괜한 기우였다. 여전히 공터 밖은 어둑하고 조용했다. 애초에 바율이 잘못 보기라도 한 것처럼.

"그리고, 거기 신학부. 여기 나도 마법학부생이거든? 이 녀석이 만지게 내가 그냥 뒀을 것 같아?"

"라이, 그게 무슨 뜻이야?"

"아말꽃에는 강력한 독성이 있어. 맨손으로 만졌다간 피부가 녹아내렸을 거야."

"헐, 피부가 녹는다고?"

"아말은 중화시키지 않으면 어디에도 쓸 수 없는 독풀일 뿐이거든. 겉모습에 속으면 절대 안 돼. 자고로 아름다움엔 대가가 따르는 법이잖아? 나처럼 말이야."

"넌 지금 이 상황에 농담이 나오냐? 내 팔 한 짝이 날아갈 뻔했는데!"

"내가 못 만지게 했을 거라니까? 아까 교수님이 주의 사항 말씀하실 때, 안 듣고 뭐 했냐? 아니, 그 전에 슈스케에게 고맙다고 말은 했어?"

"아, 맞다. 슈스케, 고마워. 덕분에 살았다."

"내 할 일을 했을 뿐이야. 그렇게 고마워하지 않아도 돼."

"너도 터틀킹이지? 기숙사에서 본 것 같아. 다음에 내가 도울 일 있으면 언제든 말해. 보답할게."

"좋은 분위기 깨서 미안한데, 이제 그만 비켜 줄래?"

엘레인의 싸늘한 목소리가 다시금 끼어들었다. 그런 녀석의 두 손엔 어느새 까만 장갑이 끼워져 있었다.

"보다시피 작업을 해야 해서. 얘들아?"

엘레인이 신호하자 함께 온 일행이 우르르 아말로 모여들었다. 그들은 모두가 엘레인과 같은 장갑을 착용하고 있었다.

"저거 막아야 하는 거 아니야?"

에이단은 마법학부 편이었다. 일라이가 있기 때문이기도 하지만, 자신을 살려 준 슈스케에게 고마워서였다.

"도와 달라면 도와줄 수 있는데."

"내버려 둬. 이런 일이 어디 한두 번이어야지."

아말이 필 때마다 마법학부와 신학부 간에 분쟁이 벌어지는 건 이미 오래전서부터였다. 아카데미 일년생인 슈스케는 처음 겪는 일이지만, 학부 선배들에게 귀가 따갑게 들어왔다.

"너희 학부도 아말 필요한 거 아니었어? 아말룬이 귀한 약인 건 알겠는데, 그렇다고 신학부에서 독점하는 건 난 아니라고 봐."

"여기까지 왔다는 건 와이트 교수님도 허락했다는 뜻이야. 우리가 무슨 명분으로 막겠어?"

"명분이 왜 없어. 저 자식 싸가지가 없어도 너무 없잖아. 사람한테 다짜고짜 멍청하다니, 아! 다시 생각해도 열 받네!"

에이단이 돌아서려는 걸 바율과 일라이가 간신히 잡아 붙들었다.

"참아, 에이단. 우선은 여기서 나가야지. 슈스케, 너도 가자."

더 있다가는 싸움이 또 터질지 모른다. 바율과 일라이는 신속히 친구들을 데리고 공터를 빠져나왔다. 밖은 예상대로 다시 짝을 이뤄 왔던 길을 되돌아가고 있었다.

"교수님, 안에……."

"됐다. 얘기는 나가서 하자."

슈스케의 말을 자르며 와이트 교수가 호각을 불었다. 그 역시 신학부의 행태에 화가 나지만 지금은 숲을 안전하게 벗어나는 것이 더 중요했다.

"그런데 이상하군. 아말 채취는 약초학 수업이 끝난 후에 해도 될 텐데 말이야. 이건 마치 수업을 방해하는 느낌인걸."

"퀸, 네가 핵심을 찌르는구나."

"응?"

일라이의 설명은 간단했다. 신전의 주교와 마법학부장의 사이가 좋지 않다는 것. 둘은 오랜 친구인데 어떤 사건으로 관계가 멀어졌다는 얘기였다.

"고작 이유가 그거야?"

"내가 알기로는."

"에이, 설마 나이도 드실 만큼 드신 분들이 겨우 그런 이유로 그러시려고…… 슈스케, 진짜냐?"

끄덕.

앞서 걷는 슈스케의 고개가 위아래로 까딱이자 에이단의 표정이 구겨졌다.

"별로 비밀도 아니야. 회의 때마다 엄청 유치하게 싸우시거든. 아말 채취에 대해 매번 강력히 항의하지만 신학부의 입김이 워낙 세서 늘 이런 상황이지. 그래도 너희는 운이 좋았어. 아말을 보긴 했으니까."

"그러게. 우리 뒤에 있던 애들은 괜한 걸음 했네. 억울하겠다."

"다음에 또 기회가 있겠지."

"그때 그 녀석도 오려나?"

"그 녀석?"

"아까 나한테 멍청하다고 한 놈 말이야. 키만 멀대같이 커서는 재수 없게!"

"엘레인 말이지?"

"으잉, 바율 네가 아는 녀석이었어?"

"오전에 로티어스 교수님한테 불려 갔을 때 잠깐 만났어. 그땐 무척 예의 바르고 점잖아 보였는데."

"점잖아? 야! 네가 잘못 봤겠지! 얼굴에 심술이 덕지덕지 붙은 게 성질 완전 더럽게 생겼더만!"

바율이 역성이라도 들었다 여겼는지 에이단이 흥분해서는 소리쳤다. 조용히 하라는 듯 멀리서 호각 소리가 삐 울렸다.

"에이단, 그러다 넘어지겠어. 조심해!"

"그래, 그만 앞에 보고 똑바로 걸어. 성질은 너도 한 성깔 하니까."

"그건 무슨 뜻이냐? 둘 다 성질이 더럽다, 그러니 같은 인간이다, 그거냐?"

"비약하지 마. 그냥 넘어지면 다친다는 얘기였어."

"내 귀엔 전혀 그렇게 안 들리던데."

"지금 네 귀에 무슨 말인들 곱게 들리겠냐. 포기다, 포기."

결국 일라이가 항복을 하고 나서야 에이단이 돌아보는 것을 멈췄다.

"잘했어, 라이."

"일부러 그런 거야."

바율이 칭찬하자 일라이가 속삭이며 웃었다. 수상하다는 듯 에이단이 다시금 둘을 흘겨보았지만, 어느덧 입구에 다다랐다.

"드디어 밖인가?"

숲을 벗어나자 따스한 햇볕이 온몸을 감쌌다. 저절로 입가에 미소가 번진다. 음습한 숲은 역시나 그들의 취향이 아니었다. 햇살 아래 서자 안에서 있었던 모든 불미스러운 일이 날아가는 것 같았다. 비음 섞인 목소리를 듣기 전까지는.

"이제 나오냐?"

바율이 나오기만을 눈이 빠지도록 기다렸다. 자레드가 분기탱천한 모습으로 성큼성큼 걸어왔다.

"또 한판 붙자는 거냐?"

화풀이 상대로 이보다 더 적격은 없으리라. 에이단이 옳다구나 자레드의 앞을 막아섰다.

"가난뱅이는 저리 꺼져."

"왜 아까 하던 얘기 계속해야지. 날 도둑으로 취급했던가?"

"나도 그러고 싶은데, 저 자식이 날 건드려서 말이야."

"아, 그 짐승 얘기?"

"이게 확! 어디 죽어 볼래?"

거친 욕설과 함께 자레드의 손이 올라갔다. 학기 초부터 으르렁대긴 했어도 몸싸움까지 간 적은 없었는데, 바율의 비유가 어지간히도 약이 올랐던 모양이었다.

"이제 곧 교수님이 나오시긴 할 텐데, 어디 덤비려면 덤벼 보시든가. 난 마음의 준비가 되어 있어."

"누가 덤비라면 못 덤빌 것 같아? 너 같은 건……."

"자레드!"

패거리 중 하나가 황급히 달려와 녀석의 손을 붙들었다. 거의 동시에 호각 소리가 와이트 교수의 등장을 알렸다.

"놔, 이거!"

"독장미한테 벌점 받은 거 잊었어? 여기서 더 받으면 위험해!"

"지금 그깟 벌점이 중요해? 감히 나를 짐승에 비교했다고!"

어린 마음에 상처가 큰 듯하다. 이보다 더 큰 치욕은 없다는 듯 자레드가 몸부림을 치며 바율을 노려봤다. 그때 호각 소리가 다시 들렸다.

"뭐가 이렇게 시끄러워? 다들 똑바로 정렬!"

숲을 나왔으니 인원 체크는 필수였다. 와이트 교수가 직접 움직이며 숫자를 세었다.

"바율, 너 운 좋은 줄 알아라."

눈빛으로 사람을 죽일 수 있다면 지금 자레드가 그러했다. 녀석이 억울해서 미칠 것 같은 표정으로 자리로 돌아갔다.

"진짜 열 받은 것 같은데?"

"흠, 조만간 해코지라도 하겠는걸."

에이단과 일라이는 상관없지만(이길 자신도 있다) 바율이 문제였다. 누구라도 함께 있다면 다행인데, 좀 전의 자레드라면 반드시 혼자 있는 틈을 노릴 것이다.

"안 되겠다. 퀸, 네가 어떻게 좀 해 봐."

"…내가 뭘?"

"정령 불러온 것도 너잖아."

"그런데?"

"정령이 있으면 뭐하냐고. 써먹어야지!"

"…그러니까 네 말은 이 녀석이 정령을 부릴 수 있게 나보고 어떻게 좀 해 봐라?"

에이단의 밑도 끝도 없는 말의 요지는 그거였다. 퀸이 황당한 나머지 헛웃음을 치는데 일라이가 한술 더 뜬다.

"오, 그거 좋은 생각이다. 자레드 놈에겐 정령이 안 보이니까 귀신인 줄 착각하고 무서워서 막 도망가는 거 아니야?"

"크흑, 완전 재밌겠는데! 오늘 밤 당장 실천해 보자!"

"…저기, 이노센트를 그런 식으로 이용해도 될까?"

"당연하지! 이건 너의 안위와 연관된 문제라고. 마법사들 싸우는 거 책에서 못 봤어? 물이든 불이든 막 날리잖아. 너도 연습해서 그렇게 싸워야지!"

"언제는 자연계의 조율자라며……."

정령을 이용해서 누군가와 싸울 거라곤 애초에 상상도 해 보지 않은 바율이었다. 그저 누군가에게 도움이 되고 싶었을 뿐이다.

"바율, 자레드를 혼내 주는 것도 이 세계를 조율하는 거야. 저런 녀석이 계속 설치면 되겠냐?"

"암, 그렇지. 그렇고말고."

"근데 이노센트는 아직 안 왔어? 얘는 어딜 그렇게 돌아다니는 거야? 피곤하지도 않나."

"다 좋은데 말이야. 장소는 있고?"

"장소? 무슨 장소?"

갑자기 두통이 밀려온다. 퀸이 관자놀이를 꾹꾹 누르며 또박또박 뱉었다.

"정령 부릴 수 있게 도와 달라며. 어디서 할 건데? 연습할 장소가 있어야 하잖아."

생각지 못한 문제였다. 에이단과 일라이가 약속이라도 한 듯 꿀 먹은 벙어리가 되자 퀸은 그저 한숨만 나왔다.

"…기숙사 방은 안 되려나?"

"좁아. 그리고 인간이 많은 곳은 안전하지 않아."

바율은 초짜 중의 초짜였다. 연습 도중 물 폭탄이라도 터지는 날엔 아이들이 위험하다. 정작 바율 본인은 그런 일이 생길 거라 상상도 못 하는 듯하지만, 퀸은 느낄 수 있다. 녀석의 몸속에 내재된 힘의 크기를.

"넓은 부지에 아무도 오지 않을 안전한 장소가 필요하단 얘긴데……."

"이노센트가 좋아하는 물의 정원은 어때? 너무 트였나?"

"거긴 직원 숙소에서 보일 수 있어. 근처거든."

"아, 그렇지. 음, 어디가 좋으려나."

"오, 나 떠올랐어!"

곰곰이 턱을 괴고 생각하던 에이단이 손을 번쩍 치켜들었다.

"어디?"

"어딘데?"

"일단 따라와 봐. 아주 끝내주는 곳이니까."

Chapter 5.
야간 훈련

1.

"정말 끝내주는군."

에이단을 따라 문제의 장소에 도착한 바율과 친구들은 잠시 말을 잇지 못했다. 그들은 근래 들어 가장 활기차고 역동적인 장면을 목도하는 중이었다.

"어때, 이만하면 넓은 거 맞지?"

"…넓긴 하네."

"보다시피 한낮인데도 사람이 거의 없어. 밤에는 아예 없다고 봐야지. 훈련하기에 완전 딱이지 않냐?"

"과연 그럴까……?"

일라이가 힐긋 바율을 돌아봤다. 당사자의 의견을 묻는

것이긴 한데 눈빛에서 어떤 염원이 느껴졌다.

"밤사이 정말 아무도 오지 않을까?"

"적어도 이 냄새를 맡아 본 사람이라면 다신 오지 않겠군."

바율의 걱정에 무심하게 답하며 퀸이 손수건을 꺼내 코를 막았다. 이토록 심한 악취는 그 평생 처음이었다.

"지내다 보면 익숙해질 거야. 냄새가 좀 나긴 해도 이곳만큼 안전한 곳은 없을걸?"

"저게 전부 쟤들이 싼 거지?"

쟤들이란 염소, 돼지, 닭 등의 가축을 말함이었다. 그렇다. 에이단이 끝내주는 곳이라며 일행을 데리고 온 곳은 가축들이 뛰노는 방목장이었다.

"표정들 풀어. 똥은 뭐 쟤들만 싸나? 먹고 배출하는 건 우리도 다 똑같거든?"

"나는 아카데미에 이런 곳이 있는 줄도 몰랐다."

"너희에게 일용할 양식을 제공해 주는 매우 중요한 곳이니 잘 봐 둬."

"우리가 아니고 왜 너희래?"

"그야 난 채식주의자니까."

"아, 맞다. 그랬지."

바율도 며칠 전에 안 사실인데 에이단은 고기를 일절 먹지 않았다. 바율이 이유를 묻자 녀석은 딱 한 마디로 답했다. 맛이 없어서, 라고.

"근데 밥도 주고 청소도 하려면 직원이 꽤 자주 들락거릴 것 같은데?"

"걱정 붙들어 매셔. 그런 일은 죄다 낮에 처리하니까. 이 녀석들도 밤에는 전부 저기 보이는 축사로 들여놓기 때문에 훈련하기 무지 편할 거야."

"절대 안 편할 것 같은데……."

또 그 눈빛이다. 일라이가 이번엔 간절함을 담아 바율을 바라봤다.

제발 거절해. 거절해 줘. 부탁이야.

곤란함에 바율이 이러지도 저러지도 못하고 있는데, 뜻밖에도 퀸이 나섰다. 그가 주변을 휘둘러보며 물었다.

"밤에 아무도 오지 않는 게 확실해?"

"그렇다니까. 여긴 낮에도 직원을 제외하고는 나뿐이야."

"좋아, 그럼 이곳으로 결정하지."

퀸이 빙그르 돌아 바율 앞에 섰다.

"네 생각은 어때?"

"…여기로 하자고?"

"어, 완벽하진 않지만 이 정도면 꽤 훌륭해."

"어디가? 어디 어떤 점이 훌륭한데?"

장소 제공자인 에이단이 기뻐하는 반면, 일라이의 얼굴은 썩어 들어갔다. 이런 불결한 곳에서 밤마다 고생할 것을 생각하니 머리털이 쭈뼛 서는 느낌이었다.

"일단 안전해. 사방이 나무로 둘러싸여 있는 데다, 이런 냄새 나는 곳을 누가 오겠어? 우리에게 가장 중요한 건 첫째도 보안, 둘째도 보안 아니던가?"

"그건 퀸 말이 맞아. 난 아직 준비가 안 됐어."

정령사는커녕 정령이 무엇인지도 모르는 세상이었다. 소심한 바율의 성격상 사실을 애기하는 건 부담스럽다. 능력이 드러나면 많은 것을 설명해야 할 테고, 또 그것을 증명해야 하는 상황이 올 것이다.

언젠가는 정령의 존재가 다시 부각되는 순간이 올 터, 그때 자연스럽게 밝히거나 밝혀지는 것이 바율의 바람이었다.

"하지만 너무 더럽잖아! 냄새는 그렇다 쳐. 저걸 밟을 수도 있다는 건 생각 못 하는 거냐?"

"맨발도 아니고, 뭐 어때."

"신발도 소중하거든!"

"기숙사 가는 길에 분수대에 들러서 씻으면 되지 않을까?"

"컥, 바율! 벌써 넘어간 거냐?"

"여기보다 더 나은 곳 있어? 어디 있으면 말해 보든가."

쐐기를 박는 퀸의 말에 일라이는 더욱 울상이 되었다. 훈련이야 바율이 하는 거지만, 이미 도와주기로 약속을 한 터였다. 밤잠을 쪼개 가며 하는 일인데 똥 밭에서 굴러야 한다니 참으로 통탄할 일이다.

"그럼 이따 밤에 여기서 보는 거다. 그렇게 알고 난 그만 일하러 간다."

"오늘은 쉬는 거 아니었어?"

"원래 쉬는 날이긴 한데, 새 책이 들어온대서. 이크, 늦었다!"

평소 성실한 편이었으니 잘리진 않겠지만, 잔소리를 피하긴 어렵다. 에이단은 손을 흔들며 신속히 도서관을 향해 달려갔다.

"날다람쥐가 따로 없다니까."

전부터 느낀 거지만 에이단의 뜀박질 속도는 가히 최고였다. 어느새 코너를 돌아 사라지는 녀석을 보며 일라이가 한숨을 푹 내쉬었다.

"밤이 오는 게 끔찍하군."

"정 싫으면 라이는 그냥 쉬는 게 어때? 퀸과 에이단이 있으니 난 괜찮을 거야."

"퍽이나 괜찮겠다."

"응?"

"여기 촛불이 있냐, 뭐가 있냐? 좀만 지나면 컴컴해질 텐데 횃불 들고 훈련할래?"

미처 그 생각은 못 했다. 밤이 되면 당연히 어둑해지고 시야는 좁아진다. 의지할 거라곤 달빛밖에 없을 텐데 밝을 거란 보장이 없는 것도 사실이다.

"어, 어떡하지?"

"어떡하긴 뭘 어떡해. 그러니 내가 필요하지."

'라이가 필요하다고?'

영문을 알 수 없는 말에 바율은 그저 눈만 끔벅거렸다. 그리고 그날 밤 일라이가 왜 그러한 말을 하였는지 여실히 깨달았다.

2.

"우, 우와! 굉장해, 라이!"

바율은 입을 벌린 채 하늘을 올려다봤다. 이런 게 마법이란 말인가. 머리 위에서 빛을 뿜어내며 둥둥 떠 있는 구체를 보고 있자니 갑자기 현실감이 떨어졌다.

손을 대면 뜨거울까?

의식하지 못한 사이 저절로 팔이 뻗어 나갔다.

"…어?"

그런 바율의 손길을 피하기라도 하듯 구체가 스륵 움직였다.

"건드리면 사라져. 어헛, 꼬맹이! 너도 만지지 마. 안돼!"

이노센트가 바율을 따라 손을 대려고 하자 일라이가 황급히 제지했다.

"쳇!"

이노센트가 입술을 삐죽였지만 그래도 할 수 없다. 야간 훈련을 위해 라이트 마법은 피할 수 없는 선택이었다.

"라이, 정말 대단하다. 마법사라고 불러도 손색이 없겠어!"

"이 정도로 놀라면 내가 서운한데. 이건 고작 1서클 마법이란 말이야."

"1서클?"

"그래, 아주 기초적인 거야. 뭐, 이 몸이 이제 갓 입학한 신입생이란 걸 감안하면 쪼끔 특출한 거긴 하지만."

"그렇지? 이런 걸 아무나 할 수 있을 리가 없어. 역시 라이는 굉장해!"

바율이 칭찬하자 일라이가 우쭐하며 좋아했다. 실제로 일라이처럼 구체를 띄우고 장시간 유지할 수 있는 학생은 많지 않았다. 모범생이기도 하지만 그는 마법에 뛰어난 재능을 지닌 영재이기도 했다.

"이 냄새는 어떻게 할 수 없나?"

빛나는 구체 아래 인상을 쓰며 퀸이 물었다.

"뭔 소리야?"

"빛도 만들어 냈으니 냄새도 해결 가능한가 해서."

"…냄새를 없애 달란 소리야?"

"못 해?"

"당연히 못 하지!"

냄새를 차단하는 마법도 있기는 하다. 난이도가 높아서 그렇지, 집중하면 잠깐은 가능했다. 하지만 지금 일라이의 실력으로 두 개의 마법을 동시에 펼치는 건 무리였다.

"마법도 별거 아니군."

기대가 무너지자 퀸이 냉소하며 차갑게 돌아섰다.

"…뭐야?"

어이없음도 잠시, 일라이의 얼굴이 붉으락푸르락 변해 갔다.

"이 시간에 훈련할 수 있게 된 게 다 누구 덕분인데! 나 아니면 이 상황이 가당키나 한 줄 알아?"

"라이, 퀸의 후각이 예민해서 그래. 우리 인간하고는 좀 다르잖아."

"누군 안 예민한가? 나도 지금 죽겠거든? 신발 바닥이 찝찝해서 미칠 것 같다! 그리고 여기로 데려온 건 내가 아니라 에이단이라고!"

"아직도 그게 불만이냐? 금방 익숙해진다니까?"

"에이단!"

호랑이도 제 말 하면 온다더니 어둠을 뚫고 에이단이 도착했다. 험악해지는 분위기 속에 마음 졸이던 바율에게 그야말로 구세주 같은 등장이었다.

"안녕, 이노센트!"

에이단의 인사에 이노센트가 까르르 웃으며 공중제비를 돌았다. 녀석의 궤적에 따라 투명한 물방울이 허공을 수놓는다.

"우아, 근데 이건 뭐지?"

예전 같으면 이노센트를 붙잡고 한참을 정신 놓고 있을 에이단이 허공에 떠 있는 구체를 발견하고 눈이 휘둥그레졌다.

"설마 너도 이런 거 처음 보냐?"

"어! 주위가 환한 게 다 이거 때문이었어?"

에이단의 초록색 눈망울이 구체 아래서 반짝반짝 빛났

다. 바율이 그랬듯 녀석 역시 손을 들어 구체를 만지려 하였지만, 높이가 높이인지라 닿지가 않았다.

"둘 다 촌스럽기는. 이게 바로 라이트 마법이라는 거다."

"우아! 안 그래도 구름 껴서 걱정했었는데, 전혀 생각도 못 했어!"

"덕분에 나만 편해졌지 뭐."

"갑자기 라이 녀석한테서 막 광채가 쏟아지는 것 같다. 범생이는 역시 다른 건가요?"

구체가 뱅글뱅글 자리를 돌자 에이단이 일라이를 향해 엄지를 세우며 고개는 위로 한 채 따라서 빙그르르 돌았다.

"너희들, 어디 오지에서 살다가 왔냐? 9서클 대마법사가 현존하는 시대에 살면서 고작 라이트 마법 가지고 놀라면 어쩌자는 건데. 아무리 마법사가 흔치 않다고 해도 그렇지. 친구들아, 내가 간곡히 부탁하는데 다른 데서도 이러면 안된다. 응?"

"어째 우리가 창피하단 뉘앙스다?"

핵심을 찌른 듯 일라이가 시선을 회피하는 것으로 답을 대신했다. 잠시 그런 친구를 노려보는가 싶더니 에이단이 돌연 화제를 돌렸다.

"그나저나 여기 올 때 어땠어? 괜찮았어?"

"사람 그림자도 못 봤다. 넌?"

"나야 워낙 날쌔니까. 경비대랑 마주칠 뻔했는데 사부작 잘 피했지. 근데 계속 이렇게 혼자 빠져나올 거 생각하니 너무 외로운 거 있지. 너희 중 누구 터틀킹으로 넘어오지 않으련? 내가 온 마음 바쳐 모실게."

"기숙사가 옮기고 싶다고 해서 옮길 수 있는 거냐? 흰소리는. 그리고 너한테는 잉그리드가 있잖아. 그 녀석은 어디다 두고 외로움 타령이야?"

"잉그리드?"

축사 주변을 배회하던 이노센트가(그래선지 가축들이 이상한 소리를 냈다) 잉그리드 소리에 쏜살같이 달려왔다.

"그러고 보니 잉드리드가 안 보이네? 왜 같이 안 왔어?"

지금이야말로 야행성인 잉그리드의 시간이었다. 녀석의 부재가 바율도 의아했다.

"망보는 중이야."

"…망이라니?"

"누가 올지도 모르잖아. 경비대도 경비대지만 당직 교수님들이 가끔 순찰하시기도 하거든. 잉그리드한테 잘 지키라고 했으니까 문제 생기면 바로 알려 올 거야."

"잉그리드가 그런 것도 할 줄 알아?"

"여태 보고도 몰라? 얼마나 똑똑한데!"

자식 자랑이라도 하듯 에이단의 얼굴에 자부심이 번졌다.

"나 잉그리드랑 놀래! 놀고 싶어!"

"이노센트, 오늘은 훈련하기로 했잖아. 나중에."

"난 지금 잉그리드가 보고 싶은걸? 잠깐만 놀면 안 돼?"

"그럴 시간이 없어. 우리 잉그리드는 이따가 보러 가자. 응?"

"히잉, 훈련을 이따가 하면 되잖아. 나 진짜로 잉그리드 보고 싶단 말이야."

애원하는 이노센트를 보고 있자니 바율은 난감했다. 녀석의 말처럼 훈련을 오늘 꼭 할 필요는 없었다. 내일도, 모레도 날은 많으니까. 부러 시간을 내 여기까지 온 친구들에게 미안할 뿐이다.

'어떡하지.'

커다란 눈을 깜박이며 간청하는 이노센트의 모습은 그 자체로 무기였다.

"이노센트, 우리 이렇게 할까?"

이번에도 해결사로 나선 건 에이단이었다. 어린 여동생과 놀아 주며 터득한 다년간의 노하우를 가감 없이 발휘하며 녀석이 문제를 일시에 해결했다.

"…이제 잘 알겠지? 이노센트도 잉그리드도 각자 할 일을 끝내야만 놀 수 있어. 그러면 내일도, 그 이튿날도 여기서 계속 만나는 거야."

"정말?"

"그렇다니까. 잉그리드도 이노센트 좋아해."

"나도. 나도 좋아!"

"그래, 그러니까 우리 지금은 훈련에만 집중하자. 알겠지?"

"응!"

징징거리던 모습은 온데간데없고 이노센트가 의욕을 불태웠다. 녀석의 단순함을 다시 한번 느끼는 순간이었다.

"이제 너희 차례야. 얼른 시작해."

일라이는 라이트 마법으로 시야를 확보하고 에이단은 잉그리드와 함께 주위를 살핀다. 남은 건 바율과 퀸의 몫이었다.

"잘 봐."

지금이 오기만을 기다렸다는 듯 퀸의 말투가 진지해졌다. 그가 바율을 똑바로 마주 보며 차분히 기운을 그러모았다.

촤아아!

소리가 난 건 뒤쪽이었다. 별안간 퀸의 등 뒤로 물줄기가 치솟았다. 작은 폭포수와도 같던 그것은 퀸을 처음 만났던 그 날처럼 점차 물 덩이로 변해 갔다.

"빗물을 받아 놓은 거야. 인어족인 나한텐 이처럼 물을 조종하는 건 일도 아니지."

말이 끝나기가 무섭게 변화가 시작됐다. 둥그스름하던 물 덩이가 점점 늘어나더니 한쪽 끝이 칼날처럼 예리해졌다. 방금 전까지만 해도 단순한 물이었던 것이 순식간에 화살로 돌변한 것이다.

"이게 날아가 박힌다면 어떻게 될까?"

퀸이 웃자 물 화살이 하늘로 솟구쳤다.

'어쩌려고……?'

의문도 잠시, 공기를 가르며 화살이 빛살처럼 날아갔다.

팡!

무언가 부서지는 소리가 방목장을 울렸다. 재빨리 달려가 확인해 보니 커다란 나무 한가운데 구멍이 뚫렸다. 그러나 화살은 보이지 않았다. 물이 흐른 흔적만이 남아 있었다.

"헐, 엄청난데!"

"살상력 장난 아니다."

"대체 여태 왜 참은 거냐?"

"……?"

"자레드 말이야. 지금 이거 보여 주면 찍소리도 못할 게 뻔한데 왜 가만히 당하고만 있느냐고."

"그야 아까우니까."

"아까워?"

"그런 놈을 상대하는 것 자체가 나에겐 용납할 수 없는 일이거든."

"넌 고귀한 신분이다, 그거냐?"

"바율, 이젠 네 차례야."

알면 되었다는 듯 퀸이 도도한 자태로 바율에게 턱짓했다.

"해 봐."

"나, 나보고 이걸 하라고?"

퀸의 시범에 얼이 나가 있던 바율은 놀라서 더듬거렸다. 물을 움직여 화살을 만들고 나무로 던져 구멍을 낸다.

'내가 그런 걸 할 수 있을 리가…….'

당황한 바율이 입만 벙긋거리자 퀸이 한숨을 내쉬었다.

"똑같이 하란 게 아니야. 난 물의 힘을 단편적으로 보여 줬을 뿐이야. 넌 네 식대로 해야지."

"내 식?"

"방금 봤잖아. 내가 물을 조종하는 거. 그게 기본이야."

"그러니까 나 보고 저 통에 든 빗물을 움직여 보란 거야?"

말을 하면서도 바율은 '내가 그걸 어떻게?'란 의구심을 저버리지 못했다.

"한심하기는."

퀸의 얼굴이 썩은 사과처럼 일그러졌다.

"넌 정령사잖아. 너에게 이런 빗물 같은 건 필요하지 않아. 정령을 이용해야지."

"이용? 어떻게?"

"그건 나도 몰라. 말로 하든, 생각으로 하든 그건 네가 알아서 전달해. 정령사는 너지, 내가 아니잖아?"

"미안. 난 퀸이 한 그대로 따라서 해야 하는 줄 알고……."

"알았으니까 시작해."

쌀쌀맞은 퀸의 태도가 몹시 마음에 차지 않지만, 에이단도 일라이도 할 수 있는 게 없었다. 정령에 대해, 특히 물의 정령에 관해 바율에게 도움을 줄 수 있는 건 퀸이 유일했다.

"저기…… 이노센트, 물 좀 줄래?"

"얼마나?"

"글쎄, 음……."

"헉, 뭐야!"

"이, 이노센트!"

바율은 새된 비명을 질렀다. 아닌 게 아니라 갑자기 하늘에서 물벼락이 떨어진 것이다. 흡사 투명한 욕조 속에 들어와 있는 것처럼 그들의 발목까지 물이 차올랐다.

"아씨, 왜 또 물바다야! 신발 다 젖었잖아!"

일라이의 짜증이 밤하늘을 타고 울려 퍼졌다. 잊으려 노력했던 이노센트와의 첫 만남이 다시금 떠오르며 그의 얼굴에 분기가 어렸다.

"와, 순식간에 물이 생겼네. 정령이 정말 대단하긴 하구나. 신기해!"

에이단은 이전에도 그렇듯 신발이 젖건 말건 작금의 상황에 그저 놀라워할 뿐이었다.

"어라?"

물 밖으로 나가려던 일라이가 퀸을 발견하고 멈칫했다.

"넌 왜 멀쩡해? 설마 그 와중에 혼자 피한 거냐?"

"어렵지 않은 일이라서."

"그 어렵지 않은 일 우리한테는 나눠 줄 수 없었나 보지?"

"내가 그래야 했나?"

되묻는 퀸을 잠시 어이없는 눈길로 바라보다가 일라이가 고개를 내저었다.

"내가 너무 많은 걸 바란 거지. 야, 꼬맹이! 얼른 이 물 안 치워? 진짜 혼나 볼래?"

"싫다. 메롱!"

"이노센트, 함부로 장난치지 않겠다고 나랑 약속했잖아! 또 이러기야?"

당연한 얘기였지만 바율 역시 물벼락에서 안전했다. 분명 그의 발목도 물에 잠긴 것이 확실한데 어째선지 전혀 영향을 끼치지 못했다. 물과 기름처럼 분리된 상태랄까.

"나 장난친 거 아닌데. 바율이 생각했잖아. 그대로 가져온 거야."

"무슨 소리야, 내가 생각했다니?"

"내가 느꼈다니까. 난 칭찬받을 줄 알았는데."

이노센트의 표정이 시무룩하게 변하자 바율은 당혹스러웠다. '발이 잠기려면 어느 정도의 물이 필요할까?' 라고 아주 잠깐 스치듯 생각한 것이 사실이기 때문이다.

"바율, 지금이야."

"…어?"

"상상해 봐. 이 물 이렇게 계속 둘 거야?"

아니, 안 된다.

아침이면 직원들이 올 텐데 이걸 보면 난리가 날 게 뻔하다.

'전부 치워야 해!'

그렇게 마음먹은 순간이었다. 족쇄처럼 발을 채우고 있던 물들이 한순간에 증발이라도 한 듯 사라졌다. 화살에 뚫린 나무가 그러했듯 젖은 지면만이 물이 존재했음을 증명할 뿐이었다.

"헐, 대박!"

"물 어디 갔지?"

"보면서도 믿기지가 않네. 이래서 자연계의 조율자라고 한 거구나."

단순히 물이 생겼다가 사라지는 것을 본 게 다지만 그것으로 충분했다. 생각만으로 이런 걸 실현시킬 수 있다는 것이 그저 놀랍다. 마법과는 확연히 다르다는 걸 일라이는 직접 보고 나서야 여실히 깨달았다.

"…다시 해 볼까?"

누가 뭐래도 가장 얼떨떨한 건 바율이었다. 그래선지 다시금 확인하고 싶다.

"이노센트, 나 목말라."

바율의 말이 떨어지자마자 허공에 컵 모양의 물이 생겨났다. 그것을 손에 쥐고 입으로 가져가자 차가운 물이 목을 타고 넘어간다. 청량한 맛이 기분까지 상쾌했다.

"이런 것도 되는구나. 그럼 나도 물!"

바율이 고개를 끄덕하자 에이단 앞으로 컵이 떠올랐다.

"아싸!"

에이단이 좋아하며 벌컥벌컥 물을 마셨다.

"으아, 시원하다! 맛도 최고야!"

"물맛이 물맛이지, 최고는 무슨."

"바율, 이왕 시작한 거 너도 퀸처럼 물 화살 같은 거 만들어 보지 그래? 할 수 있을 것 같은데."

"…내가?"

"응, 가능하지 않겠…… 으앗!"

에이단의 물컵이 갑자기 액체가 되어 투두둑 바닥으로 떨어졌다. 그리고 그 대신 그의 눈앞에 길쭉한 화살, 아니 창이라고 하는 게 맞겠다. 에이단의 키만 한 거대한 창이 공중에 둥실 생겨났다.

"이, 이건 뭐냐?"

"바율, 네 취향이 이쪽이었어?"

얌전하게 생긴 바율이 대뜸 무시무시한 창을 만들어 내자 다들 깜짝 놀랐다. 퀸만이 오묘한 눈빛으로 바율을 응시했다.

"우리 고향에선 전쟁의 신을 섬겨. 이 창은 신전 문장의 한 부분이야. 이걸 보면 마음이 편안해졌지."

"신성력 치료받을 때 말이야?"

"응, 보이는 것보다 훨씬 큰 조각이 신전에 새겨져 있어. 나와 바일이 가지고 놀던 건 이 펜던트보다 조금 더 큰 정도?"

퀸의 물 화살을 보니 문득 아고스의 창이 떠올랐다. 남들에겐 무시무시한 무기로 보일지 몰라도 바율에겐 너무나 익숙한 물건이었다.

'형…….'

"바일! 바일!"

"이노센트……?"

바율이 바일의 이름을 꺼냈기 때문일까, 아니면 바일을 생각해서일까. 별안간 이노센트가 바일을 연호하며 주위를 휘돌았다. 그런 녀석의 눈에선 닭똥 같은 눈물이 뚝뚝 떨어지고 있었다.

"……!"

이노센트의 감정이 격렬하게 전해졌다. 녀석은 알고 있었다. 바일이 이제 곁에 없다는 것을.

기억이 있는 순간부터 바율과 함께였다는 이노센트는 모든 기억이 바율에 관한 것이었다. 그것마저 대부분이 조각난 기억이었다.

그런데 잠시지만 형을 기억해 냈다. 그리고 나의 슬픔을 공명하고 있다.

"그때 널 알았더라면 얼마나 좋았을까?"

그러면 형은 죽지 않았겠지.

내가 절대로 그렇게 두지 않았을 테니까.

억눌렸던 형에 대한 죄책감이 다시금 끄집어 나온다. 다른 무엇보다도 형을 지키지 못했다는 것에 바율은 정령사가 된 것을 온전히 기뻐하지 못했다.

또 무엇을 기억하느냐고 묻고 싶지만 두려움에 차마 꺼
낼 수가 없었다. 자신의 실수로 형을 잃고도 그것을 기억조
차 못 하는 스스로가 바율은 혐오스러웠다.

"바율……."

어깨에 누군가의 손길이 닿았다. 따듯한 위로의 기운. 바
율은 자기도 모르게 바일에 대한 이야기를 시작했다.

3.

"…그렇게 된 거야. 형은 나 때문에 죽었어. 강물에 빠진
날 구하고 힘이 빠져 급류에 떠밀렸지."

"바율, 설마 너 그래서 수영을……."

"그때 이후로 물에 들어간 적이 없어. 무서웠거든."

"미안하다, 우린 그런 것도 모르고……."

"아니야, 모르고 한 일인데 뭐. 그리고 지금은 괜찮아."

물에 대한 공포를 완전히 극복한 건 아니지만 이노센트
가 있으니 걱정이 덜했다. 정신을 잃은 그 날에도 녀석의
도움으로 살아나지 않았던가. 어쩌면 수영을 할 수 있게 될
지도 몰랐다.

"근데 어이없는 게 뭔지 알아?"

자조하듯 웃는 바율의 얼굴에 처연한 슬픔이 차올랐다.

"내가 전혀 기억을 못 한다는 거야. 아무것도. 물에 빠졌던 기억조차 없어."

"…그럴 수가 있나?"

"충격으로 부분 기억 상실증에 걸린 거래."

"부분 기억 상실증?"

"나의 무의식이 기억 인출을 억압하는 현상. 그러니까 기억하고 싶지 않은 일을 나 스스로가 막고 있는 거야. 자기방어적으로."

"아."

"한심하지? 나 때문에 형이 죽었는데 동생이란 게 기억도 못 하고. 난 숨 쉴 자격도 없어."

"무슨 소리야, 그건 그냥 사고야. 네가 형 몫까지 열심히 살아야지! 네 형도 그걸 바랄걸?"

"…그럴까? 요즘은 그런 생각이 들어. 내가 신성력 치료를 받지 않았다면 어땠을까. 그랬다면 이노센트를 일찍 만났을 테니 형이 살아 있을지 모르잖아."

"이노센트가 구해 줄 수 있어서?"

퀸의 어조가 날카로웠다.

"그런 논리라면 네가 물에 빠지지 않으면, 이라는 가정이 더 낫겠지."

"퀸!"

"그럼 널 구하려고 강물에 뛰어들지도 않았을 거고, 지금 여기에 있는 건 네가 아니라 네 형일 수도 있겠지."

"맞아, 형은 나와 달리 똑똑하고⋯⋯."

"아니다. 그 전에 네가 태어나지 않았으면 더 좋았겠네. 애초에 쌍둥이로 태어나지 않았으면 혼자 속 편하게 살 수 있었을 테니까."

퀸이 차가운 눈빛으로 바욜을 쏘아보았다. 그는 어쩐지 화난 기색이었다.

"이러지 않았더라면! 저러지 않았더라면! 이런 멍청한 가정을 인간들은 대체 왜 하는 거지? 과거는 그냥 과거일 뿐이야. 현재를 고민해도 시간이 부족할 판국에 어째서 그런 헛된 망상들을 하는 건지 당최 이해가 안 가. 머리가 그렇게 나쁜가?"

"넌 뭐가 그렇게 잘났는데?"

퀸의 일갈을 잠자코 듣기만 하던 일라이가 느닷없이 외쳤다.

"가족을 잃은 슬픔이 어떤 건지 네가 알아? 그 마음이 얼마나 비통하고 억울한지 짐작은 하면서 그따위 소리 지껄이는 거냐고."

"라, 라이⋯⋯?"

방법이 부드럽지 못해서 그렇지, 퀸은 나름의 방식으로 바율을 위로하는 중이었다. 당사자인 바율도 지켜보던 에 이단도 그걸 아는데, 평소 눈치 빠른 일라이가 정색을 하니 당혹스럽다.

"난 평생이 혼자였어. 태어난 순간부터 내 곁엔 아무도 없었어."

충격적인 고백이었다. 밝은 성격에 그늘이라곤 찾아볼 수 없는 일라이였는데, 이런 가슴 아픈 가정사가 있었을 줄은 몰랐다. 바율은 괜한 이야기를 꺼낸 것 같아 미안해졌다.

"그래서 난 이해가 돼. 지독한 외로움. 내 편은 어디에도 없다는 고독감. 쌍둥이니 더 그랬겠지. 반쪽을 잃은 슬픔이 어떤 것일지 난 상상도 안 가."

"라이⋯⋯."

"그래도 힘내라, 바율. 가출, 아니 나와 보니 세상은 살 만한 것 같으니까."

불우했던 과거사를 예고도 없이 투척한 건 일라이였다. 위로를 받아야 할 쪽은 바율이 아니라 그인 것이다. 한데 도리어 바율의 어깨를 두드리며 위안을 주고 있다.

"⋯어이가 없군."

반박할 의지도 사라졌다. 퀸이 기가 찬다는 듯 일라이를 쓱 훑더니 그대로 걸어갔다.

"야, 갑자기 어디 가!"

뒤통수에 대고 소리쳤지만 돌아오는 대답은 없었다. 퀸의 푸른색 머리칼만이 언뜻언뜻 달빛에 반사되어 반짝일 뿐이었다.

4.

방목장을 훈련장으로 정한 건 탁월한 선택이었다. 가축들의 분뇨 냄새가 매번 고역이긴 했지만, 그들의 예상대로 방목장을 찾는 사람은 없었다.

덕분에 바율의 야간 훈련은 순조로웠다. 친구들의 전폭적인 지지 하에 물을 조종하는 능력도 비약적으로 늘었고, 그에 따라 이노센트와의 교감 영역도 좀 더 세밀해지고 확대되었다.

잠잘 시간이 줄어들어 다소 피곤한 것 말고는 바율에게나 친구들에게나 즐겁고 의미 있는 시간이었다.

오늘 낮에는 이런 일도 있었다. 승마 수업을 마친 바율이 옷을 갈아입기 위해 기숙사로 돌아왔는데 옷장의 옷과 신발들이 모두 물에 젖어 있는 것이다. 욕실에서부터 물이 뚝뚝 떨어진 흔적이 있는 것으로 보아 누군가 몰래 들어와 작정하고 벌인 일이었다.

범인이야 뻔했다. 목격자도 없고 직접 보지도 못했지만 바율은 확신했다. 그가 원한을 산 곳이라곤 딱 한 명뿐이니까.

바율은 당황했지만, 예전과는 달랐다. 물에 젖었다면 말리면 그만인 것이다. 그리고 그에겐 이노센트가 있다.

다음 수업은 교양 과목인 예절 학습 시간이었다. 과목이 과목인 만큼 단정한 차림은 필수다. 담당 교수인 스톤 여사는 교복 재킷에 난 구김살 하나에도 파르르 떨며 일장 연설을 늘어놓는 분이었다. 아마 범인도 그걸 알기에 오늘 같은 일을 벌였을 것이다. 실제로 바율이 승마복 차림으로 수업에 참여했다면 벌점은 따 놓은 당상이리라.

바율이 강의실로 들어섰을 때 가장 놀란 건 예상대로 자레드였다. 평소와 다름없는 복장에 녀석의 눈이 휘둥그레지더니 차츰 사납게 변해 갔다. 녀석이 죽일 듯한 눈빛으로 똘마니들을 노려보았다.

'나 때문에 또 괜한 곤욕을 치르겠구나.'

시선을 회피하는 그들을 보고 있자니 바율은 좀 미안하단 생각이 들었다. 저들도 좋아서 자레드 편에 붙어 있는 것은 아닐 텐데 말이다.

"바율! 바율! 나 이런 것도 할 수 있어!"

잠시 낮의 일을 떠올리던 바율에게 이노센트의 외침이 들린 것은 그때였다. 바율이 고개를 들어 바라보자 그녀가 기다렸다는 듯 핑그르르 몸을 돌린다.

파핫!

순간 환한 빛 무리가 이노센트의 몸을 감쌌다.

'뭐지?'

의아함도 잠시, 별안간 푸른빛 덩이가 바율을 지나쳐 등 뒤로 날아갔다.

콰쾅!

굉음이 터졌다. 바닥의 흙과 풀, 돌멩이가 사방으로 튀며 엄청난 먼지를 일으켰다. 충격의 여파인지 일라이의 라이트 마법이 일시적으로 꺼졌다가 다시 돌아왔다.

"이, 이노센트!"

바율은 깜짝 놀라 비명을 내질렀다. 흩어져 있던 친구들 역시 사색이 돼서 헐레벌떡 뛰어왔다.

"뭐야? 무슨 일이야?"

"바율, 너 안 다쳤어?"

바율의 무사함을 눈대중으로 확인한 퀸이 문제의 장소로 제일 먼저 달려갔다.

"……!"

희미한 달빛 아래 드러난 광경은 그야말로 놀라웠다. 조금 전까지만 해도 펀펀한 땅이었던 곳에 커다란 구멍이 생겨난 것이다. 지름 1미터에, 깊이가 족히 2미터는 넘을 것 같았다.

"헉!"

뒤따라온 에이단과 일라이가 구덩이를 발견하고 멈칫했다. 둘은 약속이라도 한 듯 바율을 쳐다봤다. 이게 대체 무슨 일인지 설명해 보라는 눈빛인데 바율도 모르긴 마찬가지였다.

"…이노센트."

바율은 멍하니 이노센트를 찾았다. 본인이 만들어 낸 결과에 만족감을 드러내며 까르르 웃고 있던 그녀가 바율의 부름에 한달음에 달려왔다.

"어때, 바율? 나 굉장하지?"

녀석의 얼굴은 꽤 상기되어 있었다. 들뜬 심경이 고스란히 전해졌다.

"왠지 나도 할 수 있을 것 같아서 따라 해 봤는데, 이거 되게 재밌다! 좀 힘들긴 하지만."

"따라 했다고?"

"응!"

"대체 이런 걸 어디서 봤는데?"

"저기 가면 볼 수 있어. 아, 지금은 말고."

이노센트가 가리키는 방향은 아카데미의 서쪽이었다. 몇 채의 건물 중 가장 눈에 띄는 건 둥근 모양의 탑이었다.

"설마 수련 탑?"

일라이의 음성에 모두의 시선이 돌아갔다.

"마법학부에서 수련실로 쓰는 곳이야. 학부생들이 안전하게 수련할 수 있도록 여러 마법들이 걸려 있는 공간이지. 우리끼리는 수련 탑이라고 불러."

"그러면 이노센트가······?"

"응, 내 짐작이 맞는다면 수련 탑에서 누군가 연습하는 걸 본 것 같아. 이런 구덩이가 생겼다는 건 파이어 볼이나 에어버스트 같은 종류의 공격 마법이겠지."

빈 땅이라 천만다행이었다. 사람이라도 있었으면 어쩔 뻔했는가. 바율은 상상하고 싶지 않았다.

"이노센트, 다시는 마음대로 이러지 마. 이건 장난이라고 하기엔 도가 지나쳐. 다칠 수도 있단 말이야."

"다쳐? 누가?"

이노센트가 순진한 얼굴로 주위를 두리번거렸다.

"아니, 지금은 아무도 다치지 않았어. 다음번을 이야기하는 거야."

"다음번?"

"그래, 다음엔 내게 꼭 먼저 물어봐야 해."

"힝, 난 재밌는데."

"기운을 이렇게 다 몰아서 썼는데도?"

놀라움이 가시자 바율은 느껴졌다. 이번 일로 이노센트의 기력이 급격히 나빠졌음을. 사람에 비유하자면 숨을 가쁘게 몰아쉬는 느낌이랄까.

"조금만 쉬면 돼. 금방 회복할 수 있어."

"더는 안 돼, 이노센트. 의욕이 넘치는 건 좋지만 다들 많이 놀랐단 말이야. 폭발 소리를 듣고 누가 오기라도 하면 어쩌려고…… 어? 잉그리드?"

갑작스러운 잉그리드의 등장에 바율의 심장이 덜컹했다. 녀석의 임무는 망보기가 아니던가. 훈련을 시작한 이래로 녀석의 방문은 처음 있는 일이었다.

"…뭐? 개?"

손등으로 잉그리드를 받아 내며 에이단이 이상한 말을 뱉었다. 뜬금없는 얘기에 이상하기는 친구들도 마찬가지였다. 그런 한편으론 잉그리드와 대화가 되는 에이단이 여전히 신기했다.

"잉그리드가 뭐래? 갑자기 개가 왜 나와?"

"그게 나도 좀 의아한데, 개가 이리로 오고 있다네?"

"멍멍 짖는 그 개 말하는 거야?"

"응, 근데 우리 아카데미에서 키우는 개가 있던가?"

"네가 모르는 걸 우리가 알고 있겠냐?"

"하긴, 그렇지."

에이단이 아는 한 아카데미 내에 개는 없었다. 동물이라고는 축사의 가축들과 승마와 마상 시합을 위한 말, 연락소의 비둘기, 그리고 까마귀 둥지의 세바스티앙과 식당 밥을 훔쳐 먹으러 오는 고양이 정도가 다였다.

개가 있었다면, 아니 개가 아닌 다른 어떤 동물이라도 있었다면 에이단이 절대 모를 리가 없었다.

그때였다. 바스락거리는 소리와 함께 정말로 그들 앞에 개가 나타났다.

"…재스퍼?"

음영에 가려진 개의 형태는 재스퍼를 닮아 있었다. 하지만 잠시 후, 달빛 아래 완전히 드러난 개의 모습은 재스퍼와는 전혀 달랐다. 칠흑처럼 새까만 털이 그랬고, 사파이어를 박아 놓은 듯한 짙은 파란색 눈동자가 그러했다.

"…저거 진짜 개 맞아?"

척 보기에도 범상치 않은 느낌의 개였다. 일행을 보고 무서워하기는커녕 당당히 걸어오는 자세부터가 대단히 위압적이었다.

흡사 맹수에게 사냥당하는 기분이랄까. 그저 개일 뿐인데 어째서 이런 압박감이 드는 것인지 바율도 이해할 수가 없었다.

"에이단, 설마 네가 불렀냐?"

동물과 유난히 친밀한 에이단이니 그럴 수도 있겠다 싶다. 야간 훈련을 하면서 알게 된 건데, 에이단은 잉그리드와 레드메인뿐만 아니라 모든 동물과의 친밀도가 높았다. 축사의 가축들도 신기할 정도로 에이단을 따르는 것을 바율은 여러 번 목격했다.

"…이상해."

"뭐?"

다가오는 개를 뚫어지게 쳐다보던 에이단이 홀로 중얼거렸다.

"보이지가 않아."

"보이지 않다니? 뭐가?"

"다. 전부 다……."

얼이 나간 사람처럼 에이단이 계속 웅얼거렸다. 무엇 때문인지는 몰라도 충격을 크게 받은 것 같았다.

"삐욕! 삐욕!"

그런 에이단의 감정이 전이라도 된 걸까. 잉그리드가 파드닥거리며 불안한 날갯짓을 보였다. 축사의 가축들 역시 지진을 감지라도 한 듯 한꺼번에 울기 시작했다. 조용하던 방목장이 한순간에 시장판보다 더 시끄러워졌다.

그 사이 바율의 턱밑까지 개가 다가왔다. 에이단도, 퀸도, 일라이도 있는데 오로지 바율에게만 용건이 있다는 듯 그의 앞에 와서야 걸음을 멈췄다.

가까이에서 마주한 개의 눈빛은 무척이나 깊었다. 첫인상과는 느낌이 아주 달랐다.

호기심? 반가움? 장난기?

그런 확신할 수 없는 것들이 눈 속에 담겨 있었다.

"이 녀석 뭐냐?"

심상치 않게 등장할 때는 언제고 귀를 젖힌 채 꼬리를 팔랑거린다.

"이제 와서 귀여운 척하면 어쩌라는 건데? 먹을 거라도 달라는 거야?"

일라이가 쏴붙였지만, 녀석의 태도는 변하지 않았다. 오히려 쓰다듬어 달라는 듯 바율에게 머리를 비볐다.

'훗.'

덩치만 크지, 하는 행동은 재스퍼와 똑같다.

녀석은 지금쯤 무얼 하고 있을까.

예전이라면 그의 침대 어귀에서 한쪽 귀를 열어 둔 채 잠을 자고 있었으리라. 철옹성과도 같은 성내에서도 녀석은 가드견의 본분을 조금도 게을리하지 않았다.

'재스퍼.'

그리운 친구를 떠올리자 저절로 팔이 뻗어 나갔다. 부드러운 털의 감촉이 손끝에 닿는 순간 스르르 마음이 열린다. 기쁘다는 듯 녀석이 머리를 더 세게 갖다 댔다.

"어디서 나타난 녀석인지는 모르겠다만, 바율 네가 마음에 든 모양이야."

몸집을 보고 살짝 걱정했는데 다행히 그러지 않아도 될 것 같았다. 일라이와 퀸이 긴장을 풀며 둘을 지켜보았다.

"…말도 안 돼."

에이단은 그때까지도 홀린 듯 멍하니 알 수 없는 말을 늘어놓았다. 그렇게 야간 훈련의 밤이 깊어만 갔다.

Chapter 6.
면접

1.

황금과도 같은 주말이 시작됐다. 많은 학생이 가족의 품으로 떠났고, 집이 먼 학생들은 기숙사에 남거나 각자의 거처, 또는 근교로 바람을 쐬러 나갔다.

지난 주말에는 바율이 기절하는 바람에 대책 회의를 하겠다고 다 같이 움직였지만, 이번 주말은 아니었다. 에이단은 지난주에 보지 못한 동생을 만나야 했고, 일라이는 주말 아르바이트, 퀸은 중요한 볼일이 있다고 했다.

"이제 저 정문을 나서면 우린 안녕이구나. 크흑, 아쉽다!"

"라이, 솔직히 말해. 알바가 가기 싫은 거잖아."

"티 났어?"

"엄청."

"아휴, 돈 벌기가 세상에서 제일 어려운 것 같다!"

일라이가 땅이 꺼지라고 한숨을 내쉬자 에이단이 힘내라며 등을 쳤다.

"돈이라는 게 그렇더라. 쓰는 건 한순간인데 벌기가 여간 어려운 게 아니야. 그래도 라이 넌 팁이라도 두둑이 받지, 난 아침저녁으로 열나게 뛰어다녀야 한다고. 복 받은 줄 알아."

"팁 챙기는 건 뭐 쉬운 줄 아냐? 방긋방긋 웃어 주는 것도 상당히 고달프다, 너. 집에 쉬러 가는 주제에 복은 무슨! 누구 약 올려?"

"엄밀히 말하면 나도 쉬는 건 아니거든. 봉사 가는 거라고!"

"봉사?"

"그래! 다섯 살 꼬맹이랑 놀아 주는 게 보통 일이 아니에요. 체력이 얼마나 달리는데. 솔직히 말하면 알바가 더 쉽다니까?"

"근데 표정은 왜 그렇지?"

"표정? 내 표정이 어떤데?"

"바율?"

대신 말해 달라는 듯 일라이가 바율을 불렀다.

"쿡."

바율은 웃음이 새어 나왔다. 에이단의 얼굴에 쓰여 있는 건 딱 하나였다. 행복. 집으로 향하는 에이단은 이제껏 보았던 어떤 모습보다도 행복해 보였다.

따뜻한 가정에서 사랑받으며 잘 자란 아이. 에이단을 보면 늘 그런 느낌을 받는다. 그래서 바율의 마음마저 훈훈해지곤 했다.

"왜 웃지?"

에이단이 고개를 갸웃하며 퀸을 올려다봤다. 넌 아느냐는 의미였는데 당연히 퀸이 알 리 없었다. 그의 반응은 그저 시선을 잠시 밑으로 내린 것이 다였다.

"…응?"

투덕거리며 걷다 보니 어느새 정문에 다다랐다. 친구들과 마지막 인사를 나누던 바율은 순간 눈을 의심했다. 보이지 말아야 할 것이 보였기 때문이다.

"설마, 블랙?"

정문 앞은 하교하는 학생들과 그들을 태우러 온 수많은 마차로 어느 때보다 북적였다. 토요일이면 늘 벌어지는 풍경이었다.

"컹컹!"

그 험난하고 복잡한 사이를 뚫고 블랙이 달려왔다.

"어라? 저 개!"

뒤늦게 블랙을 발견한 일라이가 소리치며 블랙을 가리켰다. 큰 몸집 탓일까. 블랙의 등장에 일부 학생들이 겁을 먹고 후다닥 몸을 피했다. 말들 역시 블랙이 지날 때마다 움츠러드는 것이 느껴졌다.

"여긴 왜 왔지?"

어젯밤에도 갑작스레 나타나 놀라게 하더니, 온갖 재롱을 피우다가 홀연히 사라져서 궁금하게 만든 놈이었다.

"집에 가서 밥이라도 먹고 온 건가?"

다시 만나 반갑기는 하나 녀석의 정체가 몹시 궁금하다.

"블랙!"

바율이 목소리를 높이자 녀석의 움직임이 빨라졌다. 뜨거운 태양 아래 늘씬한 몸을 뽐내며 비호같이 날아온다. 덩달아 피하는 아이들의 움직임도 빨라졌다.

—바율, 블랙이 뭐야?

방금 전까지만 해도 성 밖으로 나갈 생각에 잔뜩 신이 나 있던 이노센트가 뽀로통한 표정으로 바율에게 물었다. 일라이도 고개를 갸웃하며 같은 질문을 했다.

"블랙이라니? 설마 블랙이 이 녀석 이름은 아니겠지, 바율?"

그들 앞에 블랙이 막 당도했다. 녀석은 어제와 마찬가지로 오직 바율에게만 관심을 보였다. 살랑살랑 꼬리를 흔들며 바율을 올려다보는 모양새가 꼭 주인이라도 만난 듯하다.

"이상한가? 어제 자려고 누웠다가 그냥 혼자 지어 봤는데……."

"블랙이 진짜 이 녀석 이름이란 말이야?"

"응, 이상해?"

—이상해!

"…이노센트?"

—많이! 아주 많이 이상해!

갑자기 이노센트가 버럭 신경질을 내자 바율은 어리둥절했다. 어느 대목에서 화가 난 건지 알 수가 없었기 때문이다. 그녀가 바율을 힐긋 노려보더니 어디론가 휙 사라졌다.

"이노센트!"

급히 불러봤지만 소용없었다. 며칠 전에도 별거 아닌 일로 토라진 적이 있는데 왠지 그때와 느낌이 비슷하다. 당시엔 시간이 지나니 알아서 풀렸었다. 그래서 바율은 지금도 이유를 알지 못한다.

"컹!"

바율이 이노센트가 사라진 곳을 멀거니 바라보고만 있자 블랙이 짖었다.

"요놈 봐라. 불청객 주제에 왜 이렇게 당당해? 에이단, 이 녀석 지금 바율한테 자기 보라고 한 거 맞지?"

"…글쎄."

다시 나타난 블랙을 골똘히 내려다보던 에이단이 어제처럼 멍히 고개를 저었다.

"너답지 않게 왜 글쎄야. 이 녀석은 통역이 안 돼? 아, 그러고 보니 이상하네. 동물이라면 환장하는 네가 멀뚱히 서 있기만 하고. 설마 개는 싫어하냐?"

"그런 거 아니야. 단지……."

"단지 뭐?"

일라이의 채근에도 어째선지 에이단은 쉽사리 말을 꺼내지 못했다.

"이 녀석 또 이런다. 어이, 블랙! 도대체 네놈 정체가 뭐냐? 왜 내 친구가 너만 보면 말문이 막히느냐고!"

"컹컹!"

"뭐라고?"

"컹!"

"이거 혹시 '내가 어떻게 알아?' 이런 뜻인가? 소리가 영 거슬리는데?"

"그건 모르겠고, 난 이만 먼저 간다."

기다려 줄 만큼 기다렸다. 퀸이 급히 손을 들어 지나는 마차를 세웠다. 어제도 느낀 거지만 그는 블랙에게는 일절 관심이 없는 것 같았다.

"중요한 용무라는 게 뭐길래 그렇게 바쁘게 가?"

"답해야 할 의무가 내게 있던가?"

"의무는 없지만, 친구 사이엔 의리라는 것도 있거든."

"우리가 친구였나?"

마차에 오르던 퀸이 걸음을 멈추며 반문했다. 얼음처럼 차가운 그 태도에 바율은 일순 말문이 막혔다.

다행이라면 에이단은 블랙에게 정신이 팔린 상태였고(녀석의 성격상 분명 욱했을 것이다), 일라이는 그간의 일로 멘탈이 단련되어 있다는 것이었다.

"그럼 우리가 애인 사이냐? 까칠하기는. 얼른 가라!"

일라이가 출발을 외치자 마부가 채찍을 높이 들었다.

"잘 가, 퀸!"

뒤늦은 바율의 인사를 들었는지 어쨌는지 퀸을 태운 마차가 곧 혼잡한 거리 속으로 사라졌다. 중요한 볼일이란 게 무엇인지는 모르지만, 무사히 끝낼 수 있기를 바율은 속으로나마 응원했다.

"나도 가야겠다. 가서 저녁 장사 준비해야 하거든."

"주말이라 손님들 많겠다."

"장난 없지."

상상도 하기 싫다는 듯 일라이가 부르르 양어깨를 떨었다.

"같이 가, 라이. 가다가 내려줄게."

"오, 정말?"

"어차피 같은 방향이잖아."

"헤에, 그래 주면 나야 고맙지!"

교통비를 절감할 수 있는 절호의 찬스였다.

"여기요, 여기!"

일라이가 빈 마차를 발견하고 목청을 높였다.

"에이단, 너도 가야지!"

마차가 서고 일라이, 에이단, 그리고 바율이 차례로 올라섰다. 아니, 올라서려고 했다.

"컹!"

블랙이 돌연 바율과 마차 사이에 끼어들더니 시끄럽게 짖었다.

"블랙?"

"컹컹!"

짖는 것만으론 성에 안 찬 듯 녀석이 바율의 교복 자켓을 물고 늘어졌다. 누가 봐도 가지 말라는 뜻이었다.

"핫, 재밌는 녀석일세."

기가 찬다는 듯 일라이가 히죽 웃었다.

"안 탈 겁니까?"

바율이 이러지도 저러지도 못하고 머뭇거리자 마부가 재촉했다. 주말은 그에게 대목이었다. 한 번이라도 더 움직여야 식탁에 고기반찬을 올릴 수 있었다.

"그냥 데려가지 그래?"

줄곧 생각에 잠겨 있던 에이단이 묘수를 냈다.

"보아하니 딱히 주인도 없는 것 같은데, 바율 네가 돌봐주는 것도 좋겠다 싶어서."

"내가 그래도 될까?"

"널 잘 따르잖아. 재스퍼 대신이라고 생각해."

바율이 재스퍼를 그리워한다는 걸 에이단은 잘 알고 있다. 여러모로 그에겐 충격과 여타의 감정을 느끼게 한 녀석이지만, 바율에게는 좋은 만남이란 생각이 들었다.

"저기, 블랙."

고민 끝에 결정을 내린 바율이 녀석의 이름을 부른 순간이었다.

타핫!

기다렸다는 듯 블랙이 마차 위로 껑충 뛰어올랐다. 그러곤 빨리 타라는 듯 바율을 향해 짖었다.

"컹컹!"

"바율!"

일라이가 내민 손을 잡고 바율이 올라서자마자 마차가 출발했다. 서늘한 바람이 기분 좋게 얼굴을 적신다. 생각지도 못한 동행이 생겨 당황스럽기도 하지만, 바율은 왠지 흥분됐다. 뭔가 좋은 일이 생길 것만 같달까.

'리타도 좋아하겠지?'

잠시 후의 만남이 상상 되자 바율은 절로 입가에 미소가 지어졌다.

"환영한다, 블랙."

블랙의 머리를 쓰다듬는 바율의 손길에 다정함이 넘쳤다. 그 손이 싫지 않은지 녀석이 바율의 무릎에 턱을 괴고 눈을 맞춘다. 푸른 두 개의 구슬이 빛에 반사되어 영롱하게 빛났다.

2.

"도련님!"

마차가 저택 앞에 서자 여지없이 리타가 뛰어나왔다. 안 봐도 뻔했다. 오매불망 자신이 오기만을 기다리며 서성거렸을 그녀의 모습이 머릿속에 그려졌다.

"리타!"

고마움과 뭉클함을 주는 소녀. 바율 역시 마차에서 내리며 기쁘게 손을 흔들었다.

"도련님, 제가 오늘…… 엇?"

달려오던 리타가 바율의 뒤, 블랙의 존재를 발견하고 멈칫했다. 웬 개가 바율과 함께 있으니 의아한 눈치였다.

"인사해. 블랙이야."

"…블랙이요?"

다가오는 블랙을 신중한 눈빛으로 살피며 리타가 물었다.

"응, 까맣잖아."

"되게 크네요."

"잘생겼지?"

"네, 뭐 조금……."

재스퍼를 봐 와선지 블랙의 큰 덩치에도 리타는 전혀 겁을 먹지 않았다. 자신을 빤히 올려다보는 녀석과 시선을 맞추는 그녀의 얼굴엔 어느덧 경계심이 풀려 있었다.

"어쩌다 알게 된 개인데 계속 따라오더라고. 딱히 주인도 없는 것 같고 해서 일단 데려오긴 했는데, 우리와 함께 지내도 괜찮을까?"

"여기서 같이요?"

"응, 내가 없을 땐 아무래도 리타가 챙겨 줘야 하니까 물어보는 거야."

"저야 당연히 좋죠! 제가 동물 좋아하는 거 아시잖아요!"

"정말 괜찮아?"

"그럼요! 와아, 안 그래도 재스퍼 보고 싶어 죽는 줄 알았는데!"

예상대로였다. 리타가 환호성을 지르며 블랙을 끌어안았다. 녀석이 뒷걸음질 쳤지만 소용없었다. 이 순간 리타에게 녀석은 재스퍼였다. 바율이 그랬던 것처럼.

"이제 오십니까."

리타와 블랙의 격한 포옹을 흐뭇이 지켜보던 바율의 귀로 익숙한 음성이 들린 것은 그때였다. 바율은 반갑게 웃으며 고개를 돌렸다.

"이언 경……?"

어째선지 그는 혼자가 아니었다. 그의 옆으로 낯선 사내 둘이 같이 걸어 나왔다.

"안녕하십니까, 바율 도련님. 처음 뵙겠습니다. 저는 리자이, 여긴 제 동생 리바이라고 합니다. 소영주께서 보내서 왔습니다."

"작은아버지가요?"

소영주는 본디 영지민들이 작은아버지를 지칭하던 말이었다. 칼세돈 왕국과의 외교 분쟁을 해결한 공으로 자작이 되신 이후로는 호칭이 바뀌었지만, 작은아버지의 오래된

수하들은 여전히 소영주라 칭하는 것을 바율은 몇 번 들은 적이 있었다.

"란데르트 자작님께서 걱정이 되신 모양입니다. 서찰도 함께 당도했습니다."

편지부터 읽어 보는 게 좋을 것 같았다. 바율은 리자이와 리바이를 지나쳐 서둘러 저택 안으로 들어갔다.

바율 보아라.

네가 캐링스턴으로 떠난 지 오늘로 일주일이 지났다.

해밀턴은 여전히 많은 비가 내리고 있는데 그곳은 어떠한지 모르겠구나.

아카데미 생활은 할 만한지, 몸은 괜찮은지, 학업은 잘 따라가고 있는지 궁금하고 염려되는 것들이 많다. 숙부의 편지에 답장도 않는 야박한 조카일지라도 말이다.

바율 네가 이 서신을 보고 있다면 리자이, 리바이 형제를 만났을 거라 생각한다. 둘 모두 정식으로 기사 서임을 받진 못했지만, 실력은 이언 못지않은 이들이니 부디 잘 지냈으면 좋겠구나.

번거롭더라도 외출 시에는 꼭 그들 형제의 호위를 받기를 바란다. 널 생각하는 숙부의 마음이니 행여 거절하지는 말아 다오.

참, 조만간 캐링스턴으로 가겠다던 약속은 지키기 어려울 것 같구나. 황궁에 일이 생겨 형님과 함께 입궁할 예정이다.

돌아오는 대로 다시 편지할 테니 부디 몸 건강히 잘 지내고 있거라.

마음을 담아서, 리암 숙부가

"그럼 밖에 있는 저들이……?"

"네, 맞습니다."

서찰을 내려놓는 바율의 얼굴이 난감함에 휩싸였다. 갑자기 웬 호위 기사란 말인가. 평생 가드견인 재스퍼 말고는 호위 기사를 따로 둔 적 없는 바율이었다.

캐링스턴은 해밀턴만큼이나 치안이 좋은 도시이고, 호위라면 수행 기사인 이언만으로도 충분하다. 낯선 사내를, 그것도 둘씩이나 곁에 두어야 한다는 것에 바율은 본능적으로 거부감이 들었다.

"기사 작위를 받지 않았다고 쓰여 있던데, 혹시 이언 경께서는 아시는 분들인가요?"

"란데르트 자작님과 함께 있는 걸 몇 번 본 적 있습니다."

"얘기를 나눠 본 적은 없고요?"

"네, 대면은 저도 오늘이 처음입니다. 한 말씀 드리자면, 작위는 없어도 리자이, 리바이 형제는 저희 업계에서 꽤 유명 인물들입니다."

"유명하다고요?"

잠깐 보긴 했지만 인상들이 평범했기에 바율은 조금 의아했다.

"재주가 좀 특별납니다. 추적과 잠행에 능한 것은 물론, 특기가 암살이라고 하더군요."

"아, 암살요?"

들기만 해도 무서운 말이었다. 어째서 암살이 특기인 자가 자신의 호위 기사를 한단 말인가? 작은아버지의 뜻을 바율은 선뜻 이해할 수가 없었다.

"너무 놀라지 마십시오. 아마도 도련님을 은밀히 호위하는 것이 저들의 일일 겁니다. 그편이 도련님도 편하실 테니까요."

"아."

이제야 수긍이 간다. 자신이 불편해할 것을 미리 아시고 숙부께서 특별히 그들을 고른 것이다. 암살이란 단어가 듣기 거북하긴 하지만, 숙부의 따뜻한 배려에 바율은 오늘도 감동했다.

"한데 서찰은 이것뿐인가요?"

"……."

괜히 물었다.

난 뭘 기대한 걸까.

혹시나 했던 마음이 먼지가 되어 사라졌다.

"정식 인사는 잠시 후에 하겠다고 밖의 분들에게 전해 주세요. 옷 먼저 갈아입어야겠어요."

"알겠습니다."

실망하는 바율에게 위로의 말이라도 건넬까 싶었지만 이언은 빠르게 단념했다. 적임자는 따로 있었기 때문이다.

이언이 나가고 한참을 우두커니 서 있는 바율에게 노크 소리와 함께 그들이 나타났다.

"도련님!"

"컹컹!"

돌아서는 바율의 입가에 절로 미소가 피어났다. 언제나 활력소가 되는 존재들. 그들이 있기에 바율은 견딜 수 있었다.

3.

"여기, 옷이요."

"컹!"

바율에게 옷을 건네는 리타의 주위를 블랙이 뱅뱅 맴돌 았다. 바율 말고는 아무에게도 관심 없던 녀석인지라 그런 블랙이 바율은 그저 신기했다.

"그새 많이 친해졌네?"

"고기 주니까 완전 좋아하던데요?"

"고기?"

"네, 도련님 오시면 구워 드리려고 준비한 고기인데, 냄 새 맡고는 난리를 치잖아요. 그래서 한 덩이 던져 줬는데 그때부터 이러는 거 있죠."

"이런, 배가 고팠나?"

"밥은 제가 챙겨 주면 되니까 걱정하지 마시고요. 로건 도련님 얘기 좀 해 주세요. 이번엔 만나셨어요?"

안경 너머 리타의 눈동자가 초롱초롱하게 빛났다. 그녀 의 기대를 저버리고 싶지 않지만, 거짓말을 할 순 없었다.

"…아니."

"그럼 또 승마 수업에 불참하신 거예요? 벌점이 엄청나 다면서요!"

"그래서 걱정이야."

"계속 그렇게 피하신다고 해결되는 게 아닐 텐데 어쩌려 고 그러신대요. 로건 도련님은 도련님이 보고 싶지도 않으 시데요?"

차마 답할 수 없어 바율은 쓴웃음만 지었다. 도망치는 녀석의 심정을 누구보다 잘 알기에 원망조차 할 수 없는 바율이었다.

"도련님이 먼저 찾아가시면 안 돼요? 저 같으면 진작 그랬을 것 같은데."

"아니, 그건 아닌 것 같아."

"왜요?"

"그냥 지금은 기다려 주는 게 맞는 것 같아서."

바율이라고 왜 그런 마음이 없겠는가. 로건의 기숙사가 어디인지, 방 위치는 어디쯤인지 직접 물어서 알아내기까지 했다.

하지만 막상 찾아가려니 걱정이 앞섰다. 준비되지 못한 상태에서 자신과 맞닥뜨릴 로건이 어떤 반응을 보일지 두려웠다.

언제가 될지 모르겠지만 로건이 다시 마음을 열 때까지 기다리는 게 현재로선 바율이 할 수 있는 최선의 선택이었다.

"피, 알겠어요. 저도 기다릴게요."

바율과 리타는 함께 자랐다. 그녀에게도 로건은 소중한 인연인 셈이다. 바율만큼이나 리타도 로건이 보고 싶고 궁금했다. 그랬기에 원망과 미움도 큰 것이다. 힘들어하는 바율의 모습을 옆에서 지켜봤기에 더욱 그렇다.

"그럼 옷 갈아입으세요. 전 면접이 있어서요."

"면접?"

"네, 새로운 하인을 뽑기로 했거든요. 저 혼자서는 아무래도 벅차서요."

"아차, 내가 미처 그 생각을 못 했네. 미안해, 리타."

해밀턴에 비할 바는 아니지만, 침실 다섯 개에 응접실이 세 개나 되는 제법 큰 규모의 저택이었다. 이곳을 리타 홀로 관리한다는 건 말도 안 된다.

"도련님은 공부하셔야죠. 저는 괜찮으니까 신경 안 쓰셔도 돼요."

"아니야, 내가 너무 무심했어. 나 때문에 여기까지 왔는데……."

"전 정말 괜찮아요. 도련님 옆에 있을 수 있는 것만으로도 얼마나 행복한데요!"

"내가 하인 뽑는 거라도 도와줄까?"

"헉! 정말요?"

"응, 리타와 함께 일할 사람이니까 잘 선발해야지."

"헤에, 그럼 도련님이 한번 봐 주실래요? 이언 경께서 급료를 높이 책정해 주셔서 꽤 많이들 왔거든요. 사실 누구를 어떻게 뽑아야 할지 막막하던 참이었어요."

리타가 구세주라도 만난 듯 반색하자 바율은 다행이다 싶었다. 조금이라도 도움이 된다면 기꺼이 나서야지.

"먼저 가 있어. 옷만 갈아입고 바로 뒤따라갈게."

"네!"

든든한 지원군의 등장에 리타의 어깨에 절로 힘이 들어 갔다. 지금 기분으로는 뭐든 할 수 있을 것 같다. 그녀가 콧 노래를 흥얼거리며 씩씩하게 면접장으로 향했다.

4.

"리타……?"

뒤늦게 면접장에 도착한 바율은 의아했다. 분명 지원자 가 여럿이라고 들었는데 사람이라곤 달랑 검은 머리 청년 하나뿐이었기 때문이다. 리타는 거의 울상이었고, 청년은 뭐가 그리 좋은지 생글생글 웃고 있었다.

"리타, 어떻게 된 거야? 다들 어디로 갔어?"

"그게…… 전부 가 버렸대요."

"갔다니? 왜?"

아직 면접은 시작도 안 했다. 일부러 시간을 내 여기까지 와 놓고 그냥 가 버리다니, 바율로서는 전혀 이해할 수 없는 상황이었다. 이건 누군가 고의로 쫓아내지 않고서야 있을 수 없는 일이었다.

"정말 다 간 거 맞아? 밖에서 기다리는 건 아니고?"

"아니에요."

리타가 고개를 저으며 청년을 가리켰다.

"저 사람이 봤대요. 급한 연락이 와서 가 버리는걸."

"연락? 무슨 연락?"

"어느 댁에서 훨씬 센 급료를 제시했나 봐요. 우리도 절대 적은 금액이 아닌데 우르르 몰려간 걸 보면 조건이 엄청나게 좋은 게 분명해요."

"아니, 무슨 그런……."

"근데 이상한 건 뭔지 아세요?"

갑자기 리타가 귓속말로 속닥였다.

"아까 저 사람은 여기 없었어요. 제가 미리 와서 봤었거든요."

"좀 늦은 거겠지."

사람들에게 휩쓸려 따라가지 않은 것만도 다행이었다. 만약 그랬다면 오늘 면접은 완벽히 없던 일이 될 뻔했다.

"뭔가 수상하지 않아요?"

리타의 목소리가 더 작아졌다. 덩달아 바율의 음성도 줄어들었다.

"딱 봐도 하인 인상은 아니잖아요."

"리타, 하인 인상이라는 건 따로 정해진 게 아니야."

"아이 참, 분위기를 보시란 말씀이에요. 이런 일에 어울리는 사람이 아니라니까요. 잘 한번 보세요."

리타의 억지에 바율은 하는 수 없이 고개를 돌렸다.

'대체 분위기가 뭐가 어쨌다고……!'

별생각 없이 청년을 훑어보던 바율의 시선이 청년의 눈과 마주친 순간 벼락이라도 맞은 듯 움찔했다.

이질감이라고 해야 할까. 우습게도 그 순간 청년이 이 세상 사람 같지 않다는 말도 안 되는 생각이 들었다. 동시에 으스스한 느낌에 사로잡혔다.

청년은 모든 것이 검었다. 입고 있는 옷도, 어깨를 지나는 머리칼도, 긴 앞머리에 가려져 언뜻언뜻 비치는 눈동자도 모든 것이 칠흑처럼 까맸다.

하얀 것은 오직 피부뿐이었다. 볕이라곤 단 한 번도 쐬어본 적 없는 사람처럼 창백하리만치 새하얬다.

흑과 백의 명명한 조화. 그것이 바라보는 이들로 하여금 청년을 더욱 특별하게 느끼게 하였다.

"맞죠? 이상하죠?"

"좀 특이한 거지, 이상하다고 할 것까지는 없을 것 같은데……."

"고생이라고는 전혀 안 해 본 얼굴이잖아요! 손도 그래요. 저게 어디 하인 손이에요? 도련님 손하고 똑같잖아요!"

"…그런가?"

바율은 괜한 민망함에 자신의 손을 들여다봤다.

"웃는 얼굴도 마음에 안 들어요. 왜 자꾸 저렇게 웃는 거래요?"

"그야 면접을 보러 왔으니까 그렇겠지."

"잘생겼으면 다예요? 꼭 도련님을 비웃는 것 같잖아요. 기분 나쁘게! 고상한 척 얌전히 앉아 있는 것도 그래요. 누가 보면 여기가 저 사람 집인 줄 알겠어요. 장담하는데 저런 사람 뽑았다가는 속 터져서 죽을걸요? 보나 마나 일도 더럽, 아니 엄청 못 할 거라고요."

전생의 원수라도 만난 듯 리타가 열변을 토하며 강한 거부 반응을 보였다. 물론 이 모든 대화는 귓속말로 이뤄졌기 때문에 상대는 들을 수 없었다. 바율은 진심으로 그러길 바랐다.

"그렇게까지 싫다면 할 수 없지. 리타 뜻대로 해. 단, 부러 여기까지 왔으니 면접은 보게 해 주자. 혼자 끝까지 남은 사람이잖아. 우리가 필요로 하는 사람일 수도 있고."

"그럴 리 없다니까요?"

"결정은 리타가 해. 난 절대 상관 안 할게."

"진짜 물어볼 필요도 없는데……."

불만이 잔뜩 서렸지만 바율의 말을 거역할 수는 없었다. 리타가 안경을 똑바로 고쳐 쓰며 청년에게 물었다.

"이름이 뭐죠? 나이는?"

"…데스. 열아홉."

생글거리는 얼굴과는 반대로 청년의 음성은 꽤 굵직했다. 단답형의 말투 때문인지 훨씬 어른스럽게 느껴졌다.

"열아홉이면 많이 어리네요. 안 그래요, 도련님?"

리타보다 세 살이나 더 많았지만 바율은 말을 아꼈다.

"경험은 당연히 없겠죠?"

"……?"

"그럼 소개서도 없겠네요. 이전에 어느 댁에서 일했는지 알아야 평판이라도 들어 볼 텐데."

"아, 이런 일은 처음이라서."

"예상대로네요. 척 보면 딱이라니까."

"리타."

바율이 엄한 눈초리로 쳐다보자 리타가 입술을 삐죽이며 다시 물었다.

"그럼 특기 있어요? 제일 잘하는 거."

"음…… 군기 잡기?"

"네? 뭘 잡아요?"

리타는 잘못 들은 줄 알았다. 골똘히 생각하다가 나온 대답이 청소, 요리, 심부름 따위가 아니라 군기 잡기라니? 여기가 무슨 훈련소라도 되는 줄 알고 찾아온 건가?

"밑으로 딸린 놈들이 많아서."

"…식구가 많다는 얘긴가요? 어린 동생들?"

데스가 그렇다는 듯 고개를 끄덕이자 리타의 표정이 갑자기 심각해졌다.

"혹시 말인데요. 당신이 취직하지 못하면 동생들에게 지장이 갈까요?"

데스의 고개가 다시 한번 위아래로 움직였다. 동시에 리타의 결심엔 먹구름이 끼었다.

"이럼 안 되는데……."

바율은 웃음이 터지려는 걸 겨우 참았다. 줄줄이 딸린 동생에 가정 형편마저 어렵다. 몰랐으면 모를까, 상황을 다 알게 된 마당에 리타 성격상 청년을 그냥 보내지는 못할 것이다.

즉, 채용을 해야 한다는 얘긴데 당사자가 영 마음에 들지 않으니 그녀의 내적 갈등이 어느 정도일지 가히 짐작이 간다.

"리타, 이러는 게 어떨까?"

그녀를 위해 바율은 해결책을 제시했다.

"일단 가르쳐 보는 거야. 누구에게나 처음은 있는 거잖아."

"그야 그렇죠."

"초반엔 좀 서툴겠지만 시간이 지나면 익숙해질 테고, 그러다 보면 능숙해질 날도 오지 않을까?"

"지켜보잔 말씀이세요?"

"결정은 그때 가서 다시 해도 된다는 뜻이야. 일종의 수습 기간이라고 할 수 있지."

"오, 그거 좋네요. 수습 기간!"

하인으로 들이자니 마음에는 안 차고, 그렇다고 돌려보내자니 영 찜찜하다. 바율의 의견을 따르는 것이 현재로서는 최고의 방안이었다.

"데스라고 했죠? 좋아요. 우선 채용하기로 하죠!"

"우아, 진짜 된 건가?"

"들었겠지만 정직원은 아니고 임시직이에요. 시원찮으면 언제라도 잘릴 수 있단 얘긴데, 그래도 하시겠어요?"

"당연히!"

취업에 성공한 기쁨치고는 담담한 말투였으나 머리카락 사이로 비치는 그의 까만 눈동자에서 유난히 빛이 났다. 언젠가 저 머리칼을 치우고 똑바로 눈을 마주하고 싶다는 생각이 불쑥 바율의 머리를 스쳤다.

"저기요, 근데 왜 자꾸 반말해요? 말이 너무 짧은 거 아닌가요?"

"몇 살인데?"

"…열여섯이요."

"내 나이는 아까 들었지?"

연장자이니 말을 놓겠다는 확연한 뜻이었다.

"그래도 내가 선배인데……."

그러면 안 되죠, 라는 말이 목구멍까지 차올랐지만 어째 선지 뱉을 수가 없었다.

'우 씨! 사고 치면 절대 안 봐줄 거야!'

이글이글 눈빛을 불태우며 리타는 결심했다.

"근데 블랙이 안 보이네?"

하인으로서 해야 할 일과 주의 사항에 대해 리타가 데스에게 설교를 늘어놓을 때 바율은 문득 블랙이 없다는 것을 깨달았다.

"어디 갔지?"

면접장을 나서 복도까지 살펴보았으나 블랙의 그림자도 찾을 수 없었다.

"그새 가 버린 건가?"

오는 것도 가는 것도 제멋대로인 녀석이었다. 때가 되면 다시 또 나타나겠지. 바율은 어깨를 으쓱이며 의문을 거뒀다.

Chapter 7.
도난 사건

1.

어김없이 월요일이 돌아왔다. 아침 일찍 저택을 나선 바율은 마차로 이동하는 내내 밖을 살폈다. 혹시라도 블랙을 볼 수 있을까 하는 기대 때문이었는데 그것은 괜한 바람이었다. 아카데미에 도착할 때까지 블랙은커녕 지나가는 개 한 마리조차 만나지 못했다.

―다 왔다!

마차가 서자마자 이노센트가 소리치며 날아올랐다. 주말 내내 저택은 심심하다며 징징거리더니 어지간히도 좋은 모양이다. 이번에도 화는 알아서 풀렸다.

―물의 정원에 가서 놀아야지!

"바율!"

이른 시각임에도 정문 앞은 꽤 많은 학생들로 어수선했다. 그 틈으로 기타를 맨 일라이가 손을 흔들며 바율을 맞았다.

"라이!"

고작 하루를 보지 못했을 뿐인데 한 달은 떨어져 지낸 기분이다. 바율이 일라이를 향해 한달음에 달려갔다.

"언제 왔어? 나 기다린 거야?"

"좀 전에. 혹시 몰라서 잠깐 있어 봤지."

달려오느라 흩어진 바율의 머리칼을 정리해 주며 일라이가 그림 같은 미소를 지었다.

"근데 이노센트는? 여기 있나?"

"같이 왔는데 바로 물의 정원으로 갔어. 어제 종일 가고 싶어 했거든."

"물의 정원에 뭐가 있어서 그렇게 간대? 친구라도 있나?"

"그건 모르겠고, 거기 물의 온도가 마음에 든대."

"온도?"

"응, 편안해진다나? 논다기보다 쉬러 가는 거 같아."

"훈련한다고 요즘 피곤한가? 안녕!"

지나가는 여학생들에게 일라이가 웃으며 인사하자 그녀들의 뺨이 약속이라도 한 듯 붉어졌다. 일라이와 있다 보면 자주 겪는 일이었다.

"안 그래도 그런 것 같아서 주말 동안은 좀 쉬었어. 다른 이유도 좀 있었지만."

"다른 이유?"

"작은아버지께서 호위 기사를 새로 보내셨더라고. 마침 하인도 새로 뽑는 바람에 보는 눈이 많아졌달까?"

"아버지가 아니라 작은아버지께서 호위 기사를 보내셨어?"

"…걱정이 좀 많은 편이시거든."

"조카까지 살뜰히 챙겨 주시는 걸 보니 좋으신 분인가 보다."

"응, 따뜻하신 분이야."

내게는 유일하게.

바율은 애써 밝게 웃으며 일라이를 올려다봤다.

"어이, 친구들!"

그때 반가운 음성이 둘의 고막을 울렸다. 서둘러 돌아보니 에이단과 퀸이 함께 걸어오고 있었다.

"퀸! 에이단!"

"어떻게 둘이 같이 와?"

"밑에서 만났어. 헤헤, 마차를 좀 얻어 탔지. 고맙다, 퀸!"

에이단이 감사를 표했지만 퀸은 고개조차 끄덕이지 않았다. 예의 그 차가운 얼굴로 무뚝뚝하게 서 있을 뿐이었다.

"동생은 잘 만나고 왔냐?"

"으, 말도 마라. 라라한테 붙잡혀서 종일 이리저리 끌려다녔더니 힘들어 죽겠다. 애들이랑 노는 건 정말 못 할 짓이야."

"언제는 그게 힐링이라며?"

"차라리 알바가 더 쉽다던 내 말은 잊은 거냐?"

"아니, 안 잊었지. 그렇게 말하던 네 표정도."

"뭐?"

"퀸은 어땠어? 중요한 볼일 있다더니, 잘 해결했어?"

"맞다, 바쁘다고 먼저 갔었잖아. 잘됐냐?"

"내가 그걸 왜 말해야 하지?"

"…어?"

"쓸데없는 관심은 꺼 줬으면 좋겠군."

단순히 안부를 물었을 뿐인데 퀸의 반응이 뾰족한 가시 같다. 말투뿐 아니라 전신에서 찬 바람이 쌩쌩 불었다.

"저 자식, 아침부터 왜 저기압이래?"

교문 안으로 먼저 사라지는 퀸의 뒤통수를 흘겨보며 일라이가 인상을 찌푸렸다. 생각 같아선 한마디 쏘아붙이고 싶은데, 왠지 건드려서는 안 될 것 같은 분위기라 참았다.

"일이 잘 안 풀렸나?"

"일? 무슨 일?"

"그건 나도 모르지. 밑에서부터 표정이 안 좋더라고."

"저 자식 표정은 늘 저렇거든?"

"…혹시 인어족의 일일까?"

벌써 점이 되어 버린 퀸을 바율이 걱정스레 바라보며 말했다.

"주말에 안 좋은 소식을 접한 걸 수도 있잖아."

"음, 인어국 왕실에 무슨 문제라도 생겼나?"

"너희 인어국에 대해 요새 뭐 들은 거 있어?"

일라이의 질문에 바율과 에이단은 같이 고개를 저었다. 나라가 인접해 있다 보니 역사 시간에 자주 거론되기는 하지만, 수인국이라는 특성상 자세히 배울 기회가 없었다.

"뭔 일인지 말을 해야 알지. 아무튼 쌀쌀맞기가 하늘을 찔러요."

"좀 기다려 보자. 그러면 언젠가 말할 날이 오겠지."

"퀸이? 설마."

그런 바람은 애당초 거두라는 듯 일라이가 손을 휘젓자, 에이단이 그에 동의한다는 듯 1초의 망설임도 없이 고개를 주억였다. 바율 역시 말은 그리했지만, 일라이의 생각과 거의 동일했다.

"근데 너 손에 든 건 뭐냐? 웬 짐이야?"

"아, 이거?"

척 보기에도 버거울 듯한 큰 짐을 에이단이 신주 모시듯 품에 안고 있었다.

"으헤에, 잊고 있었다."

"그 바보 같은 웃음은 또 뭐지? 초콜릿이라도 왕창 싸 왔냐?"

"아니, 그거보다 백 배는 더 좋은 거."

"백 배?"

"응, 내가 이거 때문에 그동안 고생한 거 생각하면 진짜 눈물이 앞을 가린다."

꺼이꺼이 우는 시늉을 해 가며 에이단이 짐을 바싹 끌어 안았다.

"뭔데 그래? 한 번 풀어 보든가."

"여기선 안 돼. 먼지 묻잖아."

"좀 묻으면 어떠냐? 닦으면 되지. 네가 언제부터 그렇게 깔끔을 떨었다고?"

가축들의 분뇨로 가득한 방목장을 훈련장으로 추천한 건 다른 누구도 아닌 녀석이었다. 아무렇지도 않게 '그것'을 밟고 다니는 녀석이 먼지를 운운하다니 일라이는 어처구니 가 없었다.

"너 이게 얼마나 귀한 건지 알아? 돈 주고도 못 사는 거라고!"

"돈 주고도 못 사는 걸 어떻게 구했는데? 누가 주기라도 했냐?"

"뭐, 그런 셈이지. 그동안 모은 돈까지 전부 탈탈 털리면서."

"산 게 아니라면서 돈은 왜 털려? 말의 앞뒤가 안 맞잖아."

"너희는 악마 본 적 있냐? 나는 있다. 바로 어제. 악마가 있다면 꼭 그런 얼굴일 거야!"

"뜬금없이 웬 악마? 너 누구한테 맞았냐? 갑자기 왜 헛소리야? 가만, 아닌데. 그러기엔 너무 멀쩡한데."

"사람을 겉만 보지 말고 속도 좀 봐라. 멍든 내 가슴이 진정 보이지 않는 거냐?"

"멍들었어? 어디?"

일라이가 우뚝 멈추더니 다짜고짜 에이단의 셔츠를 풀어 헤쳤다. 갑자기 벌어진 일이라 피할 새도 없었다. 타이는 비딱해졌고 단추 서너 개가 순식간에 구멍에서 탈출했다.

"허이구야, 그림 한 번 요상하네."

꼴 보기 싫은 녀석이 나타난 건 그때였다. 자레드가 똘마니들과 학생 여럿을 우르르 몰고 오더니 그들 주변을 에워쌌다.

"뭐야, 너희? 다굴이라도 할 참이냐?"

눈빛이며 행색이 어찌나 사나운지 당장에라도 덤벼들 것만 같았다. 이상한 건 그 눈빛이 전부 에이단을 향하고 있다는 것이었다.

"다굴은 무슨. 저런 땅꼬마 하나쯤은 혼자서도 충분하지. 저 체구로 게임이나 되겠어? 안 그러냐, 애들아?"

"당연한 소리! 세상모르고 겁 없이 날뛰는 저런 거지새끼는 좀 처맞아야 해!"

"감히 주제도 모르고 남의 것을 넘봐? 손목을 확 부러뜨릴까 보다!"

"다시는 허튼짓 못 하게 아주 밟아 버리자! 오늘 끝장을 내자고!"

"이래서 우리 엄마가 가난한 것들과는 상종하지 말라고 하신 거였어. 가여워서 같이 좀 놀아 줬더니 이렇게 뒤통수를 쳐? 아우, 진짜 열 받네!"

"도둑질하고 평생 안 걸릴 줄 알았냐? 네놈이 훔쳐 간 게 얼마짜린 줄이나 알아?"

전과 비슷한 패턴이었다. 자레드가 운을 떼면 똘마니들이 뒤따라 언성을 높인다. 대부분 말도 안 되는 소리였는데, 오늘처럼 도둑으로 모는 것은 처음 있는 일이었다.

"너네, 뭐라는 거냐? 에이단이 뭘 어쨌다고?"

"귓구멍 막혔어? 다 들어 놓고 뭘 또 물어봐?"

"너무 어이가 없어서 그런다. 이 녀석이 도둑질을 했다니, 나보고 그걸 믿으라는 거냐?"

"못 믿겠으면 직접 물어보시든가. 어이, 땅꼬마. 네가 한 번 말해 보지 그래?"

자레드의 이죽거림에 가만히 듣고만 있던 에이단의 입꼬리가 처음으로 비스듬히 올라갔다. 우스워도 너무 우습다. 고작 생각해 낸 게 도둑이란 누명을 씌우는 거라니 이 얼마나 식상한가. 실망스러울 정도였다.

"요즘 좀 잠잠하더니만 준비한 게 이거였어? 그렇다면 정말 실망인데."

"발뺌할 생각 마. 여기 애들 전부가 피해자니까."

"넌 아니고?"

"다행히?"

"하핫, 갑자기 내가 뭘 훔쳐 갔는지 궁금해지려고 하네. 뭐냐? 내가 대체 뭘 훔쳤길래 다들 이렇게 개떼처럼 몰려온 건데?"

"그건 훔쳐 간 네놈이 더 잘 알겠지."

"증거는 있고? 아, 미리 준비했으려나?"

하긴 그랬으니 평소 친분이 있던 아이들까지 합세한 것이리라. 배신감에 찌든 얼굴로 욕설을 뱉어 내는 친구들을 에이단은 씁쓸한 눈길로 바라보았다.

나라면 먼저 물어보았을 텐데.

아니, 그냥 믿었을 텐데.

자신과는 다른 그들의 선택에 어쩔 수 없는 서운함이 몰려왔다.

"그러게 왜 주제도 모르고 아카데미엔 들어와서 분탕질이냐? 사람이 분수를 알아야지. 네깟 놈이 여기가 어울린다고 생각해? 송충이는 솔잎을 먹고 살아야 하는 거야. 되도 안 되게 따라 하려고 하니까 감당이 안 돼서 이런 일을 저지르게 되잖냐. 어?"

"이것들이 보자 보자 하니까 단체로 처돌았나. 에이단이 아니라잖아. 왜 엄한 사람 붙들고 중상모략이야! 저리들 안 꺼져?"

"그건 내가 할 소린데. 이제 그만 천박한 집시 출신은 좀 빠져 줄래? 급이 너무 떨어져서 말이야."

"여기서 제일 천박한 건 자레드, 너야. 아무리 집안이 좋으면 뭐해. 정신이 온전치 못하는데? 암울한 헥터 가문의 앞날이 그려진다, 그려져."

"내 걱정은 말고, 훔쳐 간 물건들이나 내놓으시지? 어디다 숨겼어? 전부 다 팔아 치웠냐? 설마 그거랑 맞바꾼 건 아니지?"

자레드의 지적에 아이들의 시선이 에이단의 품으로 쏠렸다.

"뭘 들고 있는 거야? 꽤 귀중해 보이는데?"

"이건 원래 우리 집에 있던 거야! 그러니 관심들 꺼!"

"그건 까 보면 알겠지."

"뭐야?"

"얘들아!"

자레드가 호령하자 아이들이 기다렸다는 듯 에이단에게로 달려들었다.

"이, 이거 안 놔? 이건 원래 내 거라니까!"

시종일관 당당하던 에이단도 지금 순간만큼은 당황하지 않을 수 없었다. 행여 먼지라도 묻을까 싶어 애지중지 가져온 물건이었다. 이것 때문에 개고생은 물론 악마와 거래까지 하였다.

한데 그런 걸 엄한 놈들이 눈독을 들여?

"건드리면 다 죽여 버린다!"

에이단이 소리쳤지만 들을 리 만무했다. 다수 대 고작 셋이었다. 저항하는 바율과 일라이를 밀쳐 내고 아이들이 결국 에이단에게서 물건을 빼앗았다.

"자레드, 여기!"

왕에게 제물을 바치듯 자레드 앞에 물건이 놓였다.

"풀어 봐."

그 상황이 만족스러운 듯 자레드가 히죽 웃으며 명령했다.

"풀기만 해! 그랬다간 정말 가만 안 둔다!"

발악하는 에이단을 놈들이 힘으로 제압했다. 작은 체구의 녀석을 상대적으로 몸집이 큰 여럿이 완력으로 억압하는 장면은 대단히 폭력적이고 야만적이었다.

하나 이날만을 기다려 온 자레드에겐 이보다 더 즐거운 순간은 없었다. 녀석의 콧대를 꺾기 위해 이 모든 걸 준비했다. 생각보다 짜릿하고 기대보다 통쾌하다.

'병신 같은 놈. 그러게 왜 내 신경을 거슬려?'

이 정도로 끝낼 거라 생각한다면 오산이다. 이건 시작에 불과했다.

내 발밑으로 기어와 애걸하게 만들 거야!

잔인한 미소를 입에 문 채 자레드가 턱짓하자 드디어 베일에 싸여 있던 물건이 모습을 드러냈다.

"뭐냐, 이거?"

"말안장이잖아?"

"하도 난리 치길래 뭔가 했더니, 꼴랑 안장이었어?"

물건의 정체는 승마할 때나 필요한 말안장이었다. 불그스름한 빛깔이 도는 까만 가죽으로 된 것이었는데, 상당히 오래된 듯 군데군데 색이 바랜 흔적이 있었다.

"잠깐."

안장을 보며 함께 비웃음 짓던 자레드가 돌연 미간을 찡그리더니 몸을 숙였다.

"이거 와이번 가죽 같은데?"

"으잉? 와이번이라고?"

한마디의 파장은 컸다. 아이들이 휘둥그레 눈을 뜨며 말안장으로 몰려들었다.

"헐! 진짜 와이번 가죽이야!"

"정말? 그걸 어떻게 알아?"

"여기 이 무늬를 봐. 와이번의 등껍질 모양이잖아. 전에 본 적 있어. 그거랑 완전 똑같아!"

"나도 봤어. 맞는 거 같아!"

"근데 와이번 가죽이면 엄청 비싸지 않나? 이걸 어떻게 저 가난뱅이가 갖고 있지?"

뿌린 내린 의심이 더욱 견고해질 차례였다.

'호오!'

자레드가 속으로 휘파람을 불며 또다시 선동했다.

"그러니까 이게 필요해서 물건을 훔친 거구먼? 다음 주에 있을 승마 시험 때 쓰려고."

승마시 말안장은 매우 중요한 기구였다. 가볍고 질 좋은 가죽은 말에게 무게의 부담을 덜어줄뿐더러, 최상의 접지력으로 기승시 미끄러짐을 방지한다.

와이번 가죽은 그 두 가지 조건을 충분히 만족시키고도 남을 만한 최고의 가죽이라고 할 수 있었다.

"눈깔은 제대로 박힌 모양이네. 와이번 가죽을 알아보는 걸 보면. 근데 귓구멍이 썩었냐? 내가 집에서 가져온 거라고 말했지!"

"거짓말! 이게 어떻게 너희 집 물건이야? 이런 비싼 게 너한테 가당키나 해?"

"그건 우리 집에서 비싼 축에도 못 끼거든! 잔말 말고 내 안장에서 그 더러운 손이나 치워!"

"원한다면야, 뭐."

웬일로 고분고분 말을 따르나 싶었다. 순순히 물러난 것도 잠시, 녀석이 안장을 내팽개치더니 발로 힘껏 밟았다.

"너, 너……!"

차마 말이 떨어지지가 않았다. 애써 붙들고 있던 인내의 고리가 두 동강 나는 순간이었다. 분노가 치밀어 오르다 못해 뼛속까지 스며들었다.

"죽여 버리겠어."

홀로 뇌까리듯 중얼거리며 에이단이 폭주했다. 어디서 그런 힘이 나는지 덩치들을 뿌리치고 자레드를 향해 달려들었다. 그 와중에 모자가 벗겨지면서 잉그리드가 파드닥 날아올랐다.

"저 새끼, 막아!"

자레드가 피하고 그 자리를 똘마니들이 채웠다. 놈들이 합심해서 에이단에게 주먹을 날렸다. 날랜 다람쥐처럼 처음 몇 번은 잘 피했지만, 앞서 말했듯 다수를 이길 순 없었다. 상대의 수가 너무 많았다.

"에이단!"

도와주려 해도 도울 수가 없었다. 바율과 일라이가 접근하지 못하도록 아이들이 막아섰기 때문이다. 성난 일라이가 몸싸움을 벌였지만 역부족이었다.

"니들 안 비켜?"

에이단의 몸에 크고 작은 상처들이 속속 생겨났다.

"다들 제발 그만해! 저러다 정말 다치겠어!"

바율은 발을 동동 굴렀다. 에이단이 홀로 사투를 벌이는데 할 수 있는 게 아무것도 없다. 뭘 해야 할지도 모르겠다. 당장 달려가 교수님을 모시고 와야 하는지, 물벼락을 뿌려 이 난장판을 멈추게 해야 하는지 머리가 터질 것만 같았다.

"…맞아! 그거야!"

왜 이제야 생각났을까?

바율은 자책하며 서둘러 이노센트를 불렀다.

'이노센트, 어디야? 빨리 와 줘!'

바율의 간절함을 느꼈는지 이노센트가 금세 도착했다.

—바율, 나 불렀어?

시끌벅적한 상황에 놀란 듯 녀석이 커다래진 눈으로 주위를 두리번거렸다.

'네 도움이 필요해.'

바율은 이노센트를 응시하며 절실한 마음을 전했다.

—뭐, 그 정도야.

바율의 바람은 곧 실행에 옮겨졌다. 이노센트가 방긋 웃더니 싸움이 벌어지고 있는 한복판 위를 크게 한 바퀴 돌았다.

좌아아아아!

소나기? 아니, 이건 폭포수다. 얼음장처럼 차가운 거대한 폭포수가 사정없이 아이들을 덮쳤다.

2.

"으아학!"

"뭐, 뭐야!"

갑작스러운 물벼락에 비명이 난무하며 한순간에 주변이 물바다가 되었다. 전부 물에 빠진 생쥐 꼴이 된 것은 물론이고, 몇몇은 심하게 놀란 듯 바닥에 주저앉아 숨을 헐떡였다. 오돌오돌 떠는 아이도 있었다.

―어때, 바율?

자신이 만들어 낸 현장을 이노센트가 뿌듯이 내려다보았다.

―마음에 들어?

'응, 이노센트. 고마워.'

―헤에, 뭘 이 정도 가지고. 정신 차리게 한 번 더 뿌려 줄까?

'아니, 괜찮아. 이만하면 충분해.'

―나 더 할 수 있어. 정말이야!

'다음에. 다음에 또 부탁할게.'

혹여 이노센트가 다시 물벼락을 내릴까 싶어 바율은 서둘러 거절했다. 아쉬워하는 듯했지만, 녀석은 곧 고개를 끄덕이며 수긍했다.

'아무튼, 뭐든 과한 녀석이라니까.'

멀어지는 녀석의 뒷모습을 보며 바율은 안도의 숨을 내쉬었다.

'그나저나 이 사태를 어떻게 수습하지.'

싸움을 멈추게 하려는 소기의 목적은 달성하였는데 이후가 문제였다. 멀쩡하던 하늘에서 갑자기 생겨난 물벼락의 정체를 뭐라고 설명한단 말인가?

열 명이 넘는 아이들 가운데 물을 뒤집어쓰지 않은 것은 바율이 유일했다. 아직 정신이 없어서 아무도 눈치채지 못하고 있지만, 분명 이상히 여길 것이다.

그냥 모른다고 잡아뗄까?

누구도 바율이 한 짓이라고는 생각지 못할 것이다. 바율이 그랬다는 증거는 어디에도 없었다.

"이게 무슨 난리들이냐!"

바율이 이리저리 머리를 굴리고 있는 그때, 엄한 호통 소리와 함께 낯선 인물이 나타났다.

"교, 교수님!"

나이는 삼십 대 중반 정도, 중키에 몹시 마른 체격의 사내였다. 좁은 이마와 가늘게 찢어진 눈, 튀어나온 하관 등 전체적으로 인상이 별로였다.

아니나 다를까. 그가 바율을 향해 다짜고짜 언성을 높였다.

"신성한 교내에서 이 무슨 짓거리냐! 그 같잖은 재주로 감히 학생들을 괴롭히다니! 퀸, 네가 사는 인어국에선 그리 가르쳤더냐!"

'퀸이라고……?'

이상함에 고개를 돌려보았다가 바율은 깜짝 놀랐다. 어느 틈엔가 자신의 뒤로 퀸이 와 있었던 것이다. 뿐인가. 많은 학생들이 구경꾼이 되어 그들을 지켜보고 있었다.

"행정학부 맥켈런 교수님이셔. 경영학을 가르치시는데 우리 학년 담당이 아니라서 아마 넌 모를 거야. 찍히면 엄청 피곤하게 괴롭히는 스타일이니까 미리 조심하는 게 좋아."

"슈빅!"

갑자기 파고든 귓속말에 바율은 연이어 놀랐다.

"쉿! 조용히 해. 너희 지금 굉장히 불리한 상황이란 말이야. 하필이면 맥켈런 교수님한테 걸릴 게 뭐냐고."

"무슨 소리야, 그게?"

궁금하면 직접 보라는 듯 슈빅이 전방을 가리켰다.

"곧 있으면 수업도 시작할 터인데, 어찌 아이들을 이 꼴로 만들어! 감기라도 걸리면 퀸 네놈이 책임질 것이냐!"

"콜록, 콜록!"

완벽한 타이밍이었다. 맥켈런 교수의 일갈이 끝나기가 무섭게 자레드가 기침을 터뜨렸다.

"이런, 자레드. 괜찮니?"

같은 사람이라고는 믿기지 않을 정도의 살가운 말씨였다. 눈빛이며 행동에서도 애정이 뚝뚝 떨어졌다.

"저는 괜찮습니다. 저보다는 친구들이…… 콜록콜록!"

거짓 기침이라는 걸 누가 봐도 알 수 있을 만큼 어설픈 연기였다. 구경하는 아이들마저 혀를 찰 수준인데, 맥켈런 교수는 둔한 건지, 모르는 척하는 건지 만면에 염려가 가득했다.

"이 와중에 남을 먼저 걱정하다니 마음 씀씀이가 대단하구나. 거기, 너희 둘! 얼른 가서 수건이랑 담요 좀 갖고 오너라. 빨리!"

싫은 기색이 역력했지만, 교수의 명을 어길 순 없다. 남학생 둘이 후닥닥 움직였다.

"감사합니다."

인사를 전하는 자레드에게 미소로 화답하며 맥켈런 교수가 돌아섰다. 그런 그의 얼굴에선 더 이상 따사로움 따위는 찾으려야 찾아볼 수가 없었다.

"행정학부 1학년 퀸 베르텍스! 아침부터 분란을 일으켜 등굣길을 엉망으로 만든 점 충분히 정학에 처하고도 남지만, 초범인 것을 고려하여 벌점 10점을 부여하겠다! 이의 없겠지?"

'하!'

바율은 어이가 없다 못해 웃음이 나오려고 했다. 고작 이런 일로 정학을 운운하는 것도 그렇지만, 어떻게 교수라는 자가 사건의 정황은 전혀 따져 보지 않고 일방적으로 한쪽의 편만 들을 수 있단 말인가?

퀸은 아무런 잘못이 없다. 물벼락을 뿌린 건 퀸이 아니라 바율이다. 그는 단지 인어족이기 때문에 오해를 산 것이다. 그들에겐 물을 조종하는 능력이 있으니까.

슈빅의 말뜻이 어떤 의미였는지 이제야 비로소 이해가 간다. 퀸을 대하는 맥켈런 교수의 태도는 자레드와 거의 흡사했다. 인어족을 무시하는 행동과 말투. 거기에 대놓고 자레드를 편애하는 모습까지. 상황이 좋지 않았다.

'내가 나서야 해.'

바율이 한마디 뱉으려는 순간, 퀸이 그보다 한발 빨랐다.

"이의 있는데요?"

맥켈런 교수를 향해 퀸이 뚜벅뚜벅 걸어갔다.

"저거 보이십니까?"

그가 바닥에 엉망으로 널브러진 에이단의 말안장을 지목했다.

"뭐지, 저게? 말안장인가?"

"맞습니다. 여기 에이단의 것인데, 이들이 억지로 뺏어가 저리 만들었습니다. 그래서 싸움이 일어난 것이고요."

"…그래?"

"제가 손을 쓴 건 어쩔 수 없는 선택이었습니다. 에이단에게 가해지는 폭력 행위를 막을 수 있는 유일한 방법이었거든요."

퀸은 부러 '폭력 행위'에 힘을 주어 말했다. 교내에서 발생하는 폭력 사태의 처벌 수위는 꽤 높아서 퇴학 처리가 되는 경우도 더러 발생했다.

당황한 맥켈런 교수가 말을 잇지 못하자 자레드가 끼어들었다.

"저희에게도 이유가 있습니다, 교수님!"

"오냐, 자레드. 말해 보아라."

"저 안장 말입니다. 저건 에이단이 저희 물건을 훔쳐 가서 판 돈으로 산 것입니다!"

"그건 또 무슨 소리지? 물건을 훔쳐?"

"네!"

자레드가 그간의 일을 간추려 보고하자, 안 그래도 찢어진 맥켈런 교수의 눈이 더욱 가늘게 찢어졌다.

"에이단?"

"전 훔치지 않았습니다."

악을 쓰는 것도 지쳤다. 에이단은 곧은 자세로 결백을 주장했다.

"말안장은 선대로부터 물려받은 것입니다."

"에이단, 기회는 지금뿐이다. 계속 거짓을 말했다간 크게 혼쭐이 날 것이야!"

"정말입니다! 하늘에 맹세코 전 아무것도 훔치지 않았어요!"

단 한 번도 남의 것을 탐해 본 적 없는 에이단이었다. 그럴 필요도 없었지만, 그래선 안 된다는 것을 잘 알기 때문이다. 이런 일에 휘말렸다는 것 자체가 어이가 없었다.

"와이번 가죽은 교수인 나도 함부로 구매할 수 없는 가격대의 물품이다. 어찌 그러한 것이 너희 집에 있다는 것이냐?"

"왜 안 되죠? 근로 장학생은 비싼 물건 좀 가지고 있으면 안 됩니까?"

일라이었다. 그가 억누르고 있던 감정을 터뜨리며 항변했다.

"가난하다는 이유로, 정말 너무들 하는 것 아닙니까? 증거도 없이 사람을 이렇게 범인으로 몰아붙여도 되는 거냐고요!"

"에이단은 절대 도둑질할 녀석이 아닙니다!"

"맞아요! 좀 싸가지가 없어서 그렇지, 좋은 녀석입니다!"

바율과 슈빅이 거들고 나서자 에이단과 가깝게 지내던 몇몇 아이들도 '맞아, 맞아' 하며 고개를 끄덕였다.

"누가 그래? 증거가 없다고?"

불리한 분위기가 형성되는 것 같자 자레드가 최후의 카드를 꺼냈다.

"나단?"

녀석이 부르자 나단이란 아이가 쭈뼛쭈뼛 걸어 나왔다. 존재감이 없어 잘 알지는 못하나, 자레드의 똘마니 중 하나였다.

"나단에게 제가 들었습니다. 직접 봤다고 하더군요."

"보았다니? 물건을 훔치는 것을 목격했다는 말이냐?"

"네, 훔쳐서 내다 파는 것까지 모두 보았답니다."

"개소리! 훔친 게 없는데 팔기는 뭘 팔아? 너희 둘이 짜고 그러는 거 내가 모를 줄 알아?"

"에이단, 그 무슨 말버릇이냐! 말을 가려서 해야지!"

"제 말이 어때서요? 개소리를 개소리라 하는 것도 잘못입니까?"

"어허, 이놈이!"

"에이단!"

바율과 일라이가 황급히 에이단을 붙들었다. 화가 나긴 그들 역시 마찬가지지만 지금은 흥분해서 좋을 게 없었다.

'훗, 억울해서 미칠 것 같지?'

반면 자레드는 의기양양했다. 모든 게 각본대로 흘러가고 있다. 맥켈런 교수의 출현은 계획에 없던 일이지만, 오히려 덕분에 일이 잘 풀리고 있었다.

맥켈런 교수와 같은 부류의 사람을 자레드는 잘 안다. 그는 야망이 큰 자였다. 지금은 고작 교수직에 몸담고 있지만,

언제고 정계에 진출하는 것이 그의 목표였다. 그 목표를 위해 자신에게 이리 공을 들이는 것이다. 그리하면 도당에서 의장직을 맡고 계신 아버지에게 면을 세울 수 있을 테니까.

'어디 마무리를 어떻게 하시는지 지켜볼까?'

자레드가 뒤로 한 걸음 물러나자 맥켈런 교수가 기다렸다는 듯 호통을 쳤다.

"물건을 훔치는 것은 중죄다! 엎드려 사죄해도 모자랄 판에 이리 반성조차 않고 망나니처럼 굴다니, 가만히 두면 안 되겠구나!"

드디어 끝장을 볼 시간이다. 이날을 얼마나 기다렸던가. 자레드는 기쁨에 춤이라도 추고 싶었다.

"상벌 위원회를 소집하겠다. 거기서 네놈의 죄를 엄히 따져 벌을 내릴 것이야!"

"자, 잠깐만요! 상벌 위원회라니요? 에이단이 무슨 잘못을 저질렀다고 상벌 위원회까지 엽니까? 한쪽 말만 듣고 너무 앞서가시는 것 아닙니까?"

상벌 위원회는 아무 때나 열리는 것이 아니었다. 교내 폭력 문제라든가 기물 파손 등 큰 사건 사고가 났을 시에나 열리는데, 결코 그 처벌이 가볍지 않았다.

"도난당한 물건이 한두 개가 아닐뿐더러, 훔쳐 가는 걸 본 사람이 있다. 그런데도 에이단이 이리 끝까지 오리발을 내미니 하는 수 없지 않으냐? 상벌위에서 판결을 내리는 수밖에."

"증거라는 게 한쪽의 말뿐입니다. 교수님은 진정 그것이 이상하지 않으십니까?"

"왜 저희 말은 믿지 않으시고, 저쪽 말만 들으시는 거죠?"

"자레드는 평소 에이단을 못 잡아먹어서 안달이었어요. 이건 놈이 꾸민 짓이라고요!"

일라이와 바율, 그리고 슈빅까지 합세해서 항의해 보았지만 어림없었다. 맥켈런 교수의 의지는 확고했다.

"상벌 위원회가 열릴 때까지 에이단은 수업 참여를 금한다. 기숙사에서 조용히 반성토록!"

"곧 시험입니다. 수업은 듣게 해 주세요!"

"아카데미를 계속 다닐 수 있을지 없을지도 모르는데 무슨 수업을 듣겠다는 거냐? 그냥 얌전히……."

"여긴 뭐가 이렇게 시끄럽지? 곧 1교시 수업 시작할 시간인데, 모여서 다들 뭐 하는 거야? 아침부터 재밌는 일이라도 생겼어?"

"로티어스 교수님!"

갑작스러운 목소리의 주인공은 로티어스 교수였다. 그의 등장에 아이들이 반색하며 길을 텄다.

"오, 맥켈런 교수님도 계셨군요. 무슨 일입니까?"

"아, 네. 그게 말입니다……."

로티어스 교수를 대하는 맥켈런 교수의 태도는 어딘지 떨떠름했다. 그가 헛기침을 두어 번 내뱉고는 상황을 간략히 설명했다.

"…그러니까 에이단이 도둑으로 몰렸고, 그 때문에 상벌위원회가 소집될 거란 말씀인가요?"

"네, 맞습니다. 녀석이 잘못을 인정하고 빨리 뉘우치면 좋으련만, 아니라고 박박 우기니 원……."

"이게 그 말안장인가 보군요."

로티어스 교수가 문제의 말안장을 집어 올렸다. 처음의 깨끗하던 모습은 온데간데없고 더러운 흙탕물이 안장을 뒤덮고 있었다.

"쯧, 이렇게 함부로 다룰 물건이 아닌데……."

"그게 무슨……?"

"아, 맥켈런 교수님도 아시는지 모르겠네요. 오래전 와이번 떼가 황궁을 습격한 적이 있습니다. 와이번이란 놈들이 원래 집단생활을 하는 놈들이 아닌데, 그땐 희한하게 그랬지요."

"혹시 하늘의 침공을 말씀하시는 겁니까?"

"오, 아시는군요! 맞습니다. 당시 무리의 대장이 카이세이란 이름의 레드 와이번이었는데, 크기가 아주 어마어마 했답니다. 와이번 주제에 브레스까지 뿜어냈다고 하니 엄청 특이한 놈이죠."

단독생활을 하는 와이번이 별안간 떼거리로 나타나 황궁을 습격한 일명 '하늘의 침공' 사건은 역사에도 기록으로 남아 있을 만큼 큰 사건이었다. 넉 달이나 지속된 전투로 인명 피해는 말할 것도 없거니와, 황궁이 불타고 황도 곳곳이 아수라장으로 변했다.

"카이세이, 그놈 목에 엄청난 현상금이 걸렸었던 것 아십니까? 그 덕에 팔자 좀 펴 보겠다고 전국 각지에서 사람들이 몰려들었지요. 안 그래도 전란으로 정신없던 도시가 거의 마비 될 지경이었다고 합니다."

"저도 대충 알고는 있습니다만, 갑자기 그 얘기는 왜 하시는지……?"

"아, 이 말안장 말입니다. 이게 그놈 가죽이거든요."

"네?"

"당시 폐하께서 카이세이를 물리친 자에게 보상금 말고도 가죽을 하사하시겠다 약조하셨습니다. 석 달이 지나도록 놈의 목은커녕 꼬리 한 조각 잘라 내지 못해 애를 태우셨지요. 그때 우리의 영웅, 레오네트 백작님께서 짠 하고 나타나신 겁니다!"

안장을 내려다보는 로티어스 교수의 눈매가 부드러워졌다.

"에이단, 레오네트 백작님께선 여전하시지?"

"그럼요. 아직 정정하십니다."

"그래, 주말에 집에 가면 백작님께 안부 전해 드리렴. 자주 찾아뵙지 못해 죄송하단 말도 꼭 전하고."

로티어스 교수가 옷깃으로 안장을 대충 닦은 뒤 에이단에게 건넸다.

"손자에게까지 말안장을 물려주시고, 역시 그분답군."

"제가 이걸 어떻게 받아 냈는지 들으시면 놀라실 걸요."

"짐작은 가. 그분에 관해서라면 나도 알 만큼은 좀 알거든."

"로, 로티어스 교수! 이게 다 무슨 얘기입니까? 소, 손자라니요?"

맥켈런 교수의 눈빛이 흔들렸다. 입안이 바싹바싹 마르는 게 왠지 예감이 불길하다.

"제가 말씀드리지 않았습니까. 이 말안장이 바로 카이세이, 그놈 거라고. 일종의 전리품이라고 보시면 됩니다."

"하, 하면⋯⋯!"

굳이 에이단이 백작의 손자라는 말은 다시 하지 않았다. 이미 모두가 함께 들었다. 맥켈런 교수뿐 아니라 모여 있던 아이들 전부 경악에 찬 얼굴로 에이단을 바라봤다.

레오네트 백작가가 어떤 가문인가. 오랜 전통을 잇는 명문가임은 물론이오, 제국에서 제일가는 부자를 꼽으라면 누구나 첫손가락으로 뽑는 어마어마한 재력을 보유한 곳이었다.

소금 광산, 철도 회사, 다국적 상단 등 거의 모든 사업에 손을 대고 있는 상업계의 거물이자, 캐링스턴 아카데미가 존재하는 이곳, 남부 최대의 도시인 캐링스턴의 주인이기도 했다.

근로 장학생으로 일하며 가난뱅이라 놀림 받던 에이단이 그 레오네트 백작가의 자손이라니 믿기지가 않는다. 전혀 상상하지도 못한 반전에 자레드는 그야말로 넋을 잃었다. 가장 친한 친구이자 물주(?) 노릇을 했던 바율과 일라이 역시 기가 막혀 말문이 막혔다.

Chapter 8.
조력자의 정체

1.

"그래, 그랬단 말이지."

일라이가 팔짱을 낀 채 에이단의 주위를 뱅뱅 돌았다. 다시 생각해도 어이가 없다. 어떻게 이 녀석이 레오네트 백작가의 아들이란 말인가! 그것도 방계도 아닌 직계, 무려 백작의 두 번째 친손자였다.

"하아! 그게 전부야?"

"…응?"

"숨기는 거 더 없느냐고. 이번 기회에 다 말하는 게 좋을 거다!"

"숨긴 거 아니라니까. 그냥 말을 안 했을 뿐이지."

"그게 숨긴 거거든? 나는 네가 귀족인 것도 몰랐다!"

"그건 중요하지 않아."

"그래, 안 중요해. 나만 우스울 뿐이지."

"무슨 뜻이야?"

"주말 알바로 근근이 살아가는 내가 대 레오네트 백작가의 자식에게 아낌없이 팍팍 돈을 써 댔으니, 이 얼마나 웃긴 일이냐? 설마 너 그때마다 속으로 나 막 비웃고 그랬냐?"

주말 알바로 버티는 자신이 그나마 에이단보다 낫다고 여기던 일라이었다. 시급이 나름 세서 상대적으로 여유가 있는 편이었기 때문이다. 하지만 말이 상대적이지, 그 역시 가난한 학생이기는 마찬가지였다.

"비웃기는 내가 왜 비웃냐? 얼마나 고마웠는데. 그리고 우리 집이 부자인 건 맞는데, 내가 빡빡한 것도 사실이야. 일체의 지원을 받지 않는다는 조건으로 아카데미를 다니는 거란 말이야."

"그건 또 무슨 소리냐? 지원을 안 받는다니?"

"탐탁지 않게 여기시거든. 뭐 하러 돈 써 가며 그런 데를 다니냐고 이해를 못 하셔. 그냥 아버지 밑에서 일이나 배우라고 하시지."

"일이라면 사업 말이야?"

"응, 가업을 이으라는 건데, 난 관심 없어. 장사는 내 스타일도 아닐뿐더러 형이랑 같이 일하느니 차라리 죽는 게 나아."

"에이단……."

가만히 듣고만 있던 바율은 깜짝 놀랐다. 형이랑 사이가 안 좋은 건가?

"아, 오해는 마. 그냥 성향이 좀 안 맞아서 그래. 물과 불 같은 사이랄까?"

바율의 걱정이 고스란히 드러났는지 에이단이 웃으며 해명했다.

"여하튼 그래서 나의 금전적 상황은 졸업하는 날까지 변함이 없을 예정이야. 그러니 친구들아, 앞으로도 잘 부탁한다!"

"그 몰골로 웃지 마라. 엄청 이상하니까."

잠깐 사이에 얼마나 맞은 건지 에이단의 한쪽 눈두덩이가 불룩했다. 이마와 뺨에는 찢긴 상처가 선명했고 입술에는 피가 맺혀 있었다.

"사제님은 대체 언제 오신대? 이러다 우리 2교시도 못 들어가는 거 아니야?"

로티어스 교수의 엄명으로 그들은 현재 1교시 수업을 빠지고 신전에 와 있는 참이었다. 잠시만 기다리면 치료할 사제님이 오신다고 하였는데, 20여 분이 지나도록 소식이 없다.

"곧 오시겠지. 나 혼자 있어도 되니까 너희는 가 봐."

"어떻게 그래. 같이 있어야지."

"나 진짜 괜찮아."

"괜찮기는 무슨. 보이기는 하냐?"

일라이의 타박에 에이단이 씩 미소를 지으며 멀쩡한 눈을 가리켰다.

"헤에, 이쪽은 잘 피했거든."

"다른 데는? 어디 다른 데 다친 곳은 없어?"

"이쯤은 아무것도 아니야. 어릴 땐 더한 상처도 많이 입었는걸."

나무덩굴을 타고 벽을 오르다 떨어져 두 다리가 부러졌을 때도 울지 않은 몸이었다. 퀸의 물벼락이 아니었으면 아마 몸뚱이가 부서질 때까지 싸우고 또 싸웠을 것이다.

"퀸, 아깐 고마웠어. 내 편을 다 들어 주고, 쪼끔 감동이던데?"

"유감이군. 내가 아니라서."

"…어?"

퀸의 무심한 시선이 바율에게로 향했다.

"저기, 그게……."

바율은 우물거리다 고백했다.

"실은 나야. 내가 그랬어."

"헐! 바율 너라고? 그럼 이노센트가?"

"응, 그냥 있으면 안 될 것 같아서…… 퀸, 미안해. 나 때문에 괜히 나서게 해서."

"나도 퀸이 한 줄 알았는데, 바율 너였다고?"

일라이도 놀랐는지 눈이 휘둥그레졌다.

"난 퀸이 와 있는지도 몰랐어. 에이단이 다칠까 봐 뒷일은 생각도 못 하고 이노센트를 불렀는데, 맥켈런 교수님이 오해하시는 바람에 퀸을 곤란하게 만들었지 뭐야."

막판에 나타난 로티어스 교수님 덕분에 벌점을 면해서 망정이지 퀸에게 두고두고 미안한 일이 생길 뻔했다.

"난데없이 물 폭탄이 쏟아졌으니 오해할 만도 하지. 어느 누가 정령을 상상하겠어? 퀸도 이해할 거야. 안 그러냐?"

퀸이 가볍게 고개를 끄덕이자 일라이가 '거 봐' 하며 덧붙였다.

"이 녀석도 가끔은 말이 통한다니까."

"근데 퀸, 너 혹시 걱정돼서 나와 본 거냐?"

"아침부터 성질내고 들어가더니만 마음이 불편했던 모양이지?"

퀸이 도우러 왔다고 생각하니 다들 공연히 기분이 좋아졌다. 실실 웃으며 자신을 쳐다보는 친구들의 눈을 피해 퀸이 불퉁하게 답했다.

"…단지 시끄러웠을 뿐이야."

"으그, 뻣뻣하기는."

"솔직하지 못해요."

이유가 어찌 되었건 그가 에이단의 편에 서 맥켈런 교수와 대적한 것은 사실이었다. 지금 이곳에도 함께 와 있지 않은가. 그것으로 설명은 충분했다.

"그건 그렇고, 니들 아까 자레드 표정 봤냐?"

흥분이 가시자 일라이는 이제 다른 게 생각났다.

"눈에서 아주 광선 튀어나올 것 같던데?"

하얗게 질려서 부르르 몸까지 떨던 녀석을 떠올리자 일라이는 십 년 묵은 체증이 내려가는 듯했다.

"가난뱅이라고 놀리던 녀석이 갑자기 레오네트 백작가의 아들이라고 하니 미치고 팔짝 뛰겠지. 그 자식 지금 어디서 뭐 하고 있을까? 궁금해 죽겠네."

성격상 분명 그냥 있지는 않을 것이다. 자기 성질을 못 이겨 무언가를 부수거나, 화풀이 삼아 다른 누군가를 괴롭히고 있을지도.

"저 녀석 정체가 황당하긴 했지만, 속은 뻥 뚫리더라. 살면서 이렇게 통쾌했던 적이 있었나 싶을 정도야."

"다시는 같은 이유로 시비 걸진 않겠지."

바율은 그것만으로도 성과가 있다고 생각했다.

"시비뿐이냐? 가난뱅이라는 말을 입에 담는 순간 웃음거리가 될걸? 아니, 이미 된 건가?"

평소 공개적인 장소에서 에이단을 조롱거리로 삼던 자례드다. 그 덕에 이번엔 녀석이 놀림거리가 될 차례였다.

"다음에 만나면 어떤 얼굴을 할지 기대된다. 창피해서 수업은 나오려나?"

"재닛 교수님께 받은 벌점 때문에 수업을 빼먹긴 힘들 거야. 곧 시험도 있고."

"훗, 완전 죽을 맛이겠네. 당분간 녀석 보는 재미가 쏠쏠하겠어."

"쓸데없는 분란은 피하는 게 좋지 않을까? 자극해서 좋을 거 없잖아. 아직 범인이 누군지도 모르는데."

"맞다. 에이단, 너 무슨 수로 범인을 잡겠다고 한 거냐? 뭘 어쩌려고 이틀 안으로 도둑을 잡겠대? 좋은 방법이라도 있어?"

가장 중요한 문제를 잊고 있었다. 로티어스 교수 덕분에 위기를 모면하긴 했지만, 진짜 범인을 밝혀내야 할 숙제가 남아 있었다.

"당연하지. 오늘 당장이라도 잡을 수 있어."

"오늘 당장?"

"응, 놈이 움직이기만 한다면."

에이단의 이 자신감은 어디에서 나오는 걸까? 계속되는 에이단의 호언장담에 바율은 어리둥절했다.

그러고 보면 이상한 건 녀석만이 아니었다. 직접 범인을 잡아내겠다는 녀석의 말에 선뜻 그러라고 한 것은 다름 아닌 로티어스 교수였다.

2.

"지, 집이 부자라고 해서 도둑질을 하지 말란 보장은 없습니다! 나단이 보았다잖아요. 그것만큼 명백한 증거가 어디 있습니까?"

로티어스 교수의 충격 고백에 다들 말을 잃고 멍해 있는 그때, 가장 먼저 정신을 차린 건 의외로 자레드였다. 녀석이 떨림을 애써 억누르며 악을 쓰듯 소리쳤다.

"나단, 너도 뭐라고 말 좀 해 봐!"

"…어엇?"

"내게 말했던 대로 어서 말씀드리라고!"

안 그러면 어떻게 되는지 알지?

독기 어린 녀석의 눈빛이 친구를 향해 쏘아졌다. 가뜩이나 주저하며 나서길 꺼리던 나단이 감히 그 기세를 거역하지 못하고 주섬주섬 앞으로 나왔다.

"그래, 나단. 자세히 말해 보겠니?"

맥켈런 교수를 대신해 로티어스 교수가 나단에게 질문했다. 평상시와 같은 부드러운 말투였으나 때가 때이니만큼 그의 목소리엔 짐짓 엄중함이 배어 있었다.

몸에선 여전히 담배 냄새가 나고 헝클어진 머리에 옷차림도 단정치 못했지만, 바율은 어느 때보다 그가 든든하게 느껴졌다.

에이단의 신분을 안 순간부터 맥켈런 교수는 말이 없었다. 당연히 상벌 위원회 얘기는 쏙 들어갔고, 자레드의 짜증과 분노는 배가 되는 중이었다.

"…그, 그게 제가 봤습니다. 에이단이 훔치는걸……."

"어디서 봤지?"

"네?"

"훔친 장소 말이다. 훔친 물건은 뭐였지?"

"아, 장소는…… 보, 본관 1층 강의실이었습니다…….
무, 물건은 초록색 보석이 박힌 가죽 팔찌……."

떠듬떠듬 변명하듯 털어놓는 나단의 모습은 어색해도 너무 어색했다. 불안한 눈초리는 덤이었고, 에이단과는 아예 시선조차 맞추지 못했다.

"에이단이 훔친 물건을 파는 것까지 목격했다지?"

"…옛?"

"거긴 어디였는지 기억나니?"

"그, 그건 잘 기억이……."

뒤로 갈수록 나단의 목소리가 점점 기어들어 갔다. 급기야 녀석은 고개를 푹 숙인 채 자레드와의 눈빛 교환도 거부했다.

"훔친 건 기억하면서 팔아 버린 곳은 기억 못 하다니 말이 안 됩니다. 시간상으로 따져도 훨씬 나중인데요."

일라이의 타당한 지적에 많은 아이들이 고개를 끄덕였다. 한 녀석만 빼고.

"아카데미 밖에서 있었던 일입니다. 낯선 공간이니 충분히 헷갈릴 수 있습니다. 더욱이 그땐 주말이었고 사람들이 많이 북적일 때였다고요!"

"그렇게나 자세히 아는 걸 보니, 이제 자레드 너도 증인이라고 나설 참인가 보지?"

"난 그냥 들은 대로 말했을 뿐이야."

"거짓말! 우길 걸 우겨야지! 넌 그냥 에이단을 범인으로 만들고 싶은 거잖아. 네가 훔쳐 놓고 자작질하는 거 누가 모를 줄 알아? 상식적으로 레오네트 백작가의 아들이 뭐가 아쉬워서 도둑질을 하겠냐? 넌 그게 진정 말이 된다고 생각하냐?"

일라이는 일부러 '레오네트' 대목에 힘을 주었다. 지금

시점에서 그것만큼 좋은 반박 거리도 없었다.

역시나 아이들의 웅성거림이 커졌다. 덤덤한 척 마음을 다스리고 있던 자레드도 일라이의 확인 사살에 흠칫 몸을 떨었다. 참으로 볼만한 풍경이었다.

"그 범인, 내가 잡을게."

에이단의 담담한 음성이 퍼진 것은 그때였다.

"그래야만 이 말도 안 되는 상황이 정리될 것 같거든."

녀석이 돌연 로티어스 교수를 향해 돌아섰다.

"교수님, 제가 잡겠습니다. 허락해 주십시오."

"에이단, 네가 뭘 어떻게……!"

녀석을 말리려는데 로티어스 교수가 불쑥 끼어들었다.

"얼마나 필요하지?"

"이틀이면 충분합니다."

"이틀씩이나?"

그렇게 되묻는 로티어스 교수의 얼굴이 마치 '그깟 일쯤은 네겐 아무것도 아니잖아?' 라고 하는 것 같아 다들 또 한 번 말문이 막혔다.

"좋아, 뭐가 어쨌든 범인을 직접 잡겠다고 하니 우린 기다려 보면 되겠군. 겨우 이틀인데 자레드, 괜찮겠지?"

녀석은 대답하지 않았지만 계속 우길 수 없다는 건 본인이 더 잘았다.

진짜 범인.

잡히지만 않으면 된다.

머저리처럼 군 놈한테는 확실한 교육을 다시 시켜 줘야
지.

이글거리는 그의 눈빛이 뭔가를 계획하고 있음을 직감으
로 알 수 있었다.

3.

"에이단, 네가 무슨 수로 범인을 잡겠다고 하는 건지는
모르겠지만, 자레드도 가만히 있지만은 않을 거야. 갖은 애
를 써서 훼방을 놓을 거라고."

"얼마든지 그러라고 해. 그래 봤자 소용없을 테니까."

이쯤 되면 자신감이 지나친 느낌이다. 이러다 이틀 안에
범인을 잡지 못하면 죄를 몽땅 뒤집어쓸 수도 있다. 그렇게
되면 최소 정학, 운이 나쁘면 퇴학이었다.

"너희는 그냥 잠자코 보기만 해. 내가 알아서 다 할 테니
까."

친구들의 걱정을 아는지 모르는지 에이단은 끝까지 득의
만만했다.

그리고 그날 밤, 기숙사의 소등이 끝나자마자 네 사람이 다시 모였다. 장소는 늘 그렇듯 한적한 방목장이었다.

"여긴 왜 부른 건데? 설마 오늘 같은 날 바율 보고 훈련하라는 건 아니지?"

"이노센트도 없이 무슨 훈련이냐? 그 녀석 물의 정원에 가고 없는 거 나도 알거든?"

바율이 맞다며 고개를 끄덕이자 에이단이 웃으며 덧붙였다.

"잠깐 있어 봐. 금방 도착하니까."

"도착? 누가 또 와?"

"글쎄. 누가 올라나?"

에이단이 아리송한 답변을 내놓더니 갑자기 입술을 오므리고 휘파람을 불었다.

"뭐 하냐, 너?"

"에이단……?"

녀석의 휘파람 소리는 매우 다양했다. 노래하듯 했다가 호각 소리처럼 긴 음을 내기도 하고, 빨라졌다가 느려졌다, 높낮이도 수시로 변했다. 꼭 누군가에게 신호라도 보내는 것 같았다.

영문을 알 수 없는 녀석의 행동에 다들 멍한 그때, 제일 먼저 이상함을 감지한 건 퀸이었다. 그의 예민한 귀가 어둠 속 먼발치를 향해 꿈틀했다.

"방금 무슨 소리 안 났어?"

그보다 조금 늦게 일라이도 낯선 기척을 감지하고 경계심을 보였다.

"삐욕!"

잠시 후, 소리의 주인공이 모습을 드러냈다.

"뭐야, 잉그리드였어?"

친숙한 녀석의 등장에 긴장이 풀리려는 찰나, 바람을 가르며 뭔가가 그들 쪽으로 날아왔다.

"…까마귀?"

그것이 시작이었다. 온몸에 검은 칠을 한 새까만 까마귀 한 마리가 에이단의 어깨를 횃대 삼아 내려앉았다. 근처 나무에는 부리부리한 눈매를 뽐내며 흰올빼미가 자리를 잡았고, 풀숲에선 노란 고양이 한 마리가 튀어나왔다. 녀석은 반갑다는 양 바로 에이단에게 달려가 열심히 머리를 비벼댔다. 입학한 이래로 다들 처음 보는 동물들이었다.

그러길 얼마나 지났을까?

한밤중에 불려 나와 괴이한 풍경을 접한 그들에게 드디어 에이단이 말을 걸었다.

"얘들아, 인사해. 이 녀석은 오스먼드라고 밤마다 학생 식당을 털어먹는 놈이야. 나이가 열 살이 넘었는데 무지 귀엽게 생겼지? 보다시피 애교가 장난이 아니란다."

에이단의 칭찬을 알아듣기라도 한 듯 오스먼드가 고개를 들며 '야옹' 하고 울어 댔다.

"저기 나뭇가지에 앉아 있는 녀석은 아리안느, 야간 시력이 좋아서 내가 특별히 불렀어."

에이단이 쳐다보자 아리안느가 앉은 채로 날개를 펄럭였다.

"마지막으로 요 녀석은 누구게? 혹시 아는 사람 있어?"

에이단이 손을 뻗어 어깨 위 까마귀를 사랑스럽다는 듯 쓰다듬었다.

"설마 세바스티앙이냐?"

'그걸 우리가 어떻게 알아?'라고 반문할 줄 알았던 일라이가 뜻밖에도 낯설지 않은 이름을 거론했다.

밤중에 납치되어 끌려가 원치 않는 체스를 두어야 했던 곳. 까마귀 둥지라고 했던가? 그곳에 산다는 까마귀의 이름이 세바스티앙이었다.

"정답! 스톤 라이언이라 역시 아는구나?"

"까마귀라서 혹시나 하고 찍어 봤다."

본 적은 없지만 까마귀 둥지에 산다는 세바스티앙에 대해서는 여러 번 들어봤다.

"까마귀 둥지가 너희 스톤 라이언의 아지트라지? 근데 그거 알아? 오래전부터 거긴 이 녀석의 보금자리였어. 너

희가 시끄럽게 굴 때마다 얼마나 투덜거리는지 내가 다 미
안할 정도다."

"투덜…… 댄다고?"

아까부터 묻고 싶었다. 녀석은 동물을 마치 사람 대하듯
하고 있다. 직접 범인을 잡아 누명에서 벗어나겠다면서 대
체 이것들은 왜 불렀는지, 아니 애초에 어떻게 불러낸 건지
이제는 해명이 필요했다.

"라이, 전에 물었지?"

"……?"

"무슨 능력으로 조기 입학을 했는지 말이야."

"언제는 말하기 싫다더니, 이제 좀 말할 마음이 생겼냐?"

"이거야."

"뭐?"

"동물과의 교감. 난 이 녀석들과 얘기를 나눌 수 있어.
녀석들이 무엇을 말하고 무엇을 원하는지 눈으로, 소리로
알 수 있지."

에이단의 따뜻한 시선이 잉그리드를 시작으로 세바스티
앙, 아리안느, 오스먼드를 차례로 훑었다.

"그 교감이라는 게 말이야. 단순한 조련 같은 게 아니라,
지금 우리처럼 너와 저 녀석들 간에 쌍방으로 대화가 된다
는 거냐?"

"믿기 어렵지?"

"…어."

에이단이 거짓말을 할 녀석은 아니지만 믿기 힘든 건 사실이었다. 일라이가 솔직히 인정하자 에이단이 이해한다며 설명했다.

"나도 왜 이런 능력을 갖게 됐는지는 몰라. 내게는 어려서부터 너무 당연한 거였거든. 조금 크고 나서 알았어. 내가 다른 사람과 다르다는 거."

"어째 어감이 좀 그렇다?"

"이상한 아이 취급을 받았거든. 평범하지 못하다는 거, 그게 때로는 굉장한 상처가 되더라고."

"너답지 않게 웬 청승이래. 동물과 의사소통을 할 수 있다는 거, 잘은 몰라도 엄청 대단한 거 아니야? 써먹을 데도 많을 것 같은데."

새삼 생각해 보니 보통 능력이 아니었다. 인간과 밀접하게 살아가는 동물이 어디 한둘인가. 그들과 이야기가 통한다는 건 기사가 꿈인 에이단에게 좋은 무기가 될 수 있었다.

"그땐 어렸으니까. 지금은 당연히 내 능력에 감사하고 있어. 특별한 게 그리 나쁘지만은 않더라고."

"좋은 점이 더 많지?"

"응, 승마는 내가 늘 일등이었거든. 형도 날 이길 수 없었지."

자레드의 장난질로 흥분한 말들이 날뛰었을 때 레드메인을 제압하던 에이단의 모습은 결코 우연이 아니었다. 실력도 실력이지만, 그 이면엔 녀석의 또 다른 능력이 숨어 있었던 것이다.

"그래서 그때 재닛 교수님이 에이단을 바로 지목했던 거구나."

바율은 그제야 비로소 이해가 갔다. 많은 학생 가운데 에이단을 콕 집어서 설명해 보라고 한 것은 이미 녀석의 능력을 알고 계셨다는 뜻이다. 그리고 그건 로티어스 교수님도 마찬가지였다.

"로티어스 교수님도 알고 계신 거 맞지? 그래서 범인을 잡도록 허락하신 거지?"

"눈치 빠른데, 바율?"

"이제 알겠어, 에이단, 네가 어떻게 범인을 잡겠다는 건지."

바율의 말에 일라이와 퀸이 동시에 고개를 끄덕였다. 그들 역시 짐작이 갔다.

"지금은 밤이지."

"진짜 범인은 똥줄이 타고 있을 테고."

"까마귀에 올빼미, 그리고 고양이까지. 밤의 파수꾼으론 완벽한 조합이군."

"그럼 어디 사냥을 나가 보실까?"

에이단의 능력을 알게 된 마당에 머뭇거릴 시간이 없었다. 언제 범인이 움직일지 모른다. 때를 포착하려면 한시라도 대비를 서둘러야 했다.

"얘들아, 부탁할게."

에이단의 청이 떨어지기가 무섭게 녀석들이 움직였다. 가벼운 몸놀림으로 오스먼드가 제일 먼저 수풀로 사라졌다. 뒤를 이어 세바스티앙이 하늘로 도약했고, 아리안느가 '구우우' 소리를 내며 날아올랐다.

4.

딸각.

밤손님을 빼고 모두가 잠들었을 야심한 시각. 스톤 라이언의 기숙사 방문 하나가 조심스럽게 열렸다. 그리고 그 틈으로 잠옷 차림의 누군가가 살금살금 걸어 나왔다.

구름에 달빛이 가려 사위는 어느 때보다 컴컴했다. 그 어둠 속을 불안한 듯 연신 두리번거리던 인영은 이내 어디론가 빠르게 걸음을 재촉했다.

복도를 지나 계단을 넘어, 다시 또 복도를 통과해 계단 앞에 섰다. 앞서 지나온 계단과는 완전히 달랐다. 그것은 지상이 아니라 지하로 향하는 길목이었고, 내려가면 이제 돌이킬 수 없었다.

하지만 이상의 방법이 없다. 아무리 생각하고 또 해 봐도 이것이 가장 나은 수였다.

'망설이지 말자.'

결심했으면 실천해야 한다. 수습하기엔 이미 늦었다. 모른 척 발을 빼는 것만이 현재로선 그가 할 수 있는 유일한 선택이었다.

타다닥.

인영의 발걸음이 빨라졌다. 입구 한쪽 귀퉁이에서 두 개의 빛이 반짝였지만, 그는 전혀 모르는 눈치였다. 인영이 멀어지자 숨어 있던 존재가 창틀 위로 훌쩍 뛰어올랐다.

"이야옹—!"

긴 울음이 열린 창을 통해 밤공기를 찢었다.

쉬이익.

근처 창공을 날고 있던 까만 새 한 마리가 그 소리에 멈칫하더니 급히 선회하여 어디론가 날아갔다.

"야옹!"

창틀의 존재가 또 한 번 짧게 울었다. 그러자 파드닥 날갯
짓 소리와 함께 하얀 새가 날아왔다. 둘은 잠시 눈을 마주치
더니 인영이 사라진 곳을 향해 각자의 길로 따라나섰다.

잠옷 바람의 인영이 멈춘 곳은 절벽과 맞닿은 성의 지하
수로였다. 아카데미에서 생산되는 약초와 약물이 주로 이
곳을 통해 밖으로 전달되었다. 반대로 아카데미에 필요한
생필품이 운반되는 곳도 여기였다.

중요한 물품이 오가는 곳이니만큼 다른 어느 곳보다 엄
격히 통제되는 곳이지만, 어디든 눈에 띄지 않는 장소는 있
기 마련이고 아카데미 학생들에게 그것은 공공연한 비밀이
었다.

경비대의 눈을 피해 결국 목적지에 다다랐다. 때마침 달을
감싸던 구름이 걷히며 주변이 환해졌다. 혹시 누군가에게 들
킬까 싶어 두려운 듯 인영의 어깨가 한껏 움츠러들었다.

쏴아아!

적막한 가운데 수로의 물소리만이 조용히 울려 퍼졌다.

"……."

한동안 미동 없이 생각에 잠겨 있던 인영이 이윽고 움직
였다. 여기까지 온 마당에 그냥 돌아가는 건 바보 같은 짓
이었다. 떨리는 마음을 애써 단속하며 수로의 가장자리 난
간을 향해 다가갔다.

그런 인영의 손에는 무언가 들려 있었다. 그가 팔을 번쩍 들고 그것을 힘껏 던졌다. 아니, 그러려고 했다.

"멈춰! 거기까지야!"

"흐억!"

별안간 들리는 사람 목소리에 소스라치게 놀랐다. 소리의 주인공을 알아보곤 사시나무 떨듯 몸을 떨며 뒷걸음질 쳤다.

"안녕, 나단. 또 보네."

에이단이 손을 흔들며 인사했다.

"얼굴은 왜 그 모양이냐? 자레드 짓이냐?"

낮에만 해도 멀쩡하던 얼굴이 여기저기 멍이 들어 있었다. 에이단의 얼굴과 맞바꾸기라도 한 것 같았다. 녀석은 치료를 받고 싹 나은 상태였다.

"나단, 너일 거라고 짐작은 했어. 연기가 너무 서툴렀거든."

"너, 너희가 여긴 어떻게……!"

"유능한 파수꾼 덕분이랄까?"

"파…… 수꾼?"

"그딴 건 네가 알 필요 없고, 손에 쥔 그거나 내놓는 게 어때?"

일라이가 한 발짝 다가서려는 순간이었다.

"오, 오지 마!"

나단이 난간에 붙어서며 소리쳤다.

"가까이 오면 이대로 던져 버릴 거야!"

"던지면? 그러면 너의 죄가 사라지나?"

"나, 난 잘못 없어! 그냥 시키는 대로 한 것뿐이라고!"

"물론 그랬겠지. 너희 똘마니들은 자레드가 하라면 뭐든다 하잖아."

일라이의 냉소적인 발언에 상처라도 받은 듯 나단의 눈빛이 흔들렸다.

"그치만 말이야. 인간은 사고의 동물이거든. 생각은 물론 의지, 판단 등을 자유롭게 할 수 있지. 즉, 자레드 자식이 뭘 어쨌든 그대로 따른 건 다른 누구도 아닌 너의 뜻이었다는 거야. 네 녀석도 놈과 같은 악질이란 얘기지."

"그렇지 않아! 난 자레드와 달라!"

"놈과 비교해서 기분 나빠? 뭘 그렇게 악을 써?"

"너희가 뭘 알아? 나도 하고 싶지 않았다고!"

그 말만은 진심이었다. 어쩔 수 없이 자레드와 어울리고 있지만, 누구보다 그를 싫어하는 게 나단이었다.

"그럼 이리 줘. 이제라도 바로잡아야지."

바율이 손을 내밀었다. 에이단이 훔쳤다는 물건. 나단이 밤중에 몰래 빠져나와 버리려는 게 바로 그것이었다.

"오, 오지 말라니까!"

"증거만 없애면 된다고 생각하는 것 자체가 네가 자레드와 똑같다는 거야. 네가 한 짓을 너도 알고 우리도 아는데, 그걸 버린다고 해결이 되겠냐?"

나단의 안일하고 이기적인 행위에 일라이는 깊은 분노를 느꼈다.

"나단, 진정하고 같이 가자. 지금도 안 늦었어."

"웃기지 마! 내가 그딴 말을 믿을 것 같아?"

바율이 회유하려 했지만 나단은 도리어 화를 냈다. 그간의 설움이 북받쳐 오르며 울분이 치솟는다.

내가 왜! 내가 왜! 대체 내가 왜!

모든 걸 다 집어치우고 싶다.

"으아아앗!"

창졸간에 벌어진 일이었다. 나단이 괴성을 내지르며 손에 든 것을 내던졌다. 갈색 천이 공중에 흩날렸다. 묶음이 풀리고 싸여 있던 것들이 수로 속으로 하나둘 퐁당퐁당 빠졌다.

"결국 그게 네 선택이냐?"

증거가 눈앞에서 사라졌는데 누구 하나 당황하지 않았다. 안타까운 눈길로, 한심스러운 눈빛으로 나단을 지켜볼 뿐. 서둘러 움직이지도 않았다.

나단은 홀가분해 보였다. 자신을 불안하고 초조하게 만들던 문제의 물건들이 사라지자 후련했다. 들키지 않았다면 더 좋았겠지만 이미 엎어진 물이었다. 이제라도 대처 방안을 마련하면 될 것이다.

"음, 어떻게 할까?"

에이단이 수로를 바라보며 고민했다.

"건져 와야겠지?"

"난 잠수 실력이 형편없는데. 라이, 넌?"

"이노센트라도 부를까?"

물살이 제법 셌다. 이런 밤중에 깊이를 알 수 없는 수로 속으로 뛰어든다는 건 너무 위험했다. 물의 정령인 이노센트의 힘이 또 한 번 필요한 순간이다.

"됐어, 우리만 있는 것도 아닌데. 게다가 여기 적임자가 있잖아?"

"적임자?"

일라이가 당당히 고개를 틀어 퀸을 지목했다.

"너한테 이 정도는 아무것도 아니지?"

"…지금 나보고 물에 들어가 저것들을 건져 오라는 거야?"

"제대로 이해했네. 맞아."

"내가 왜?"

여기까지 따라온 것만으로도 본분을 다했다 여기던 퀸이었다. 그런 그에게 감히 물에 뛰어들라니 어이가 없어도 너무 없다.

"동물과 대화할 수 있다며. 네 물고기 친구에게 부탁하지 그래?"

"그럴 수 있으면 나도 참 좋겠는데, 아직 물고기 친구는 사귀어 본 적이 없어서……."

"어이쿠, 저러다 급류에 떠밀려 사라지겠다. 퀸, 얼른 건져 와!"

그간 퀸에게 무시당한 걸 갚아 주기라도 하듯 일라이는 막무가내였다. 그래서일까? 절대 하기 싫다며 버틸 줄 알았던 퀸이 결국 포기하고 백기를 들었다.

"돌아 버리겠군."

왜 끝까지 거부하지 못하는지 스스로도 이해할 수 없었다.

"제길."

짧은 욕설과 함께 퀸이 수로 아래로 뛰어들었다. 그의 몸이 수면 밑으로 완전히 잠기기 직전, 달빛을 받은 그의 다리가 반짝였다. 그리고 모두가 보았다. 퀸의 긴 다리가 물고기의 그것처럼 변하는 것을.

5.

퀸이 물 밖으로 나온 것은 그로부터 얼마 지나지 않아서
였다. 온몸에서 물을 뚝뚝 떨어뜨리며 걸어 나오는 그의 모
습은 일행에게 꽤 생경했다.

인간이 아닌 인어이기 때문일까? 물에 젖은 그 모습이
더없이 그와 어울린다는 생각이 불현듯 바율의 머릿속을
헤집었다.

어딘지 더 생기 있어 보였고, 눈빛이며 동작에 자신감이
느껴졌다.

"자."

퀸이 에이단에게 천 뭉치를 던졌다. 철컹거리는 소리가
나는 게, 꽤 묵직한 것들이 들어 있음을 예감케 했다.

털썩.

퀸이 물로 뛰어든 순간부터 사색이 되었던 나단은 세상
이 무너지기라도 한 듯 절망하며 주저앉았다. 이건 전혀 예
상하지 못한 전개였다. 버리기만 하면 다 끝날 줄 알았는
데, 다시 건져 와 그를 옥죄어 온다. 지옥문에 바짝 다가선
느낌이었다.

녀석에게 듣는 사건의 전말은 이러했다.

시작은 그의 잘못에서 비롯되었다. 자레드 패거리와 어

울리는 건 많은 돈을 필요로 했다. 함께 노는 유흥비도 무시 못 했고, 아지트에서 가끔 벌어지는 카드 게임에선 제법 큰 액수가 오가기도 했다. 그러다 빚이 좀 생겼다.

귀족치고 그리 넉넉지 못한 형편이었던 나단은 충동적으로 친구의 물건을 훔쳐 돈을 마련했다. 그것이 두 번이 되고, 세 번이 되던 찰나, 하필이면 자레드에게 들키고 만 것이다.

끝장이라고 여겼던 그 순간 자레드란 악마가 거래를 제안했다.

모른 척해 줄뿐더러 빚도 까 주겠다. 대신 에이단에게 덮어씌우자. 네가 증인만 해 준다면 모든 건 내가 알아서 하겠다.

예상에서 크게 벗어나지 않는 스토리였다. 이런 일을 벌이면서도 본인 손은 더럽히지 않는 걸 보면 참으로 자레드다웠다.

"미, 미안해. 난 정말 하고 싶지 않았어. 믿어 줘, 정말이야!"

"훔친 물건들을 버리라는 것도 놈의 명령이냐?"

"…아니."

"그럼? 놈이 네 얼굴을 이렇게 만들면서 뭐라고 했는데?"

"가져다 두라고…… 누구도 보지 못하게 몰래……."

"내 방에 말이지?"

"으응……."

"그 자식 끝까지!"

범인을 잡지 못하면 에이단의 방을 뒤져 보자며 선동했을 놈의 모습이 훤히 그려졌다.

"에이단, 너와 친한 아이들의 물건까지 훔친 건 정말 내 뜻이 아니야. 그건 자레드가 일을 크게 만들려고 꾸민 짓이야. 난 그냥 빚을 갚을 정도만 하고 끝내려고 했어. 미, 미안해!"

"날 확실히 쫓아내려면 한두 명의 물건으론 부족했겠지."

"용, 용서해 줄 수 있을까? 시키는 건 뭐든지 할게. 제발 아무한테도 얘기하지 말아 줘! 응?"

"이 와중에 넌 그게 걱정이냐?"

입으로는 연신 미안하다 사죄하고 있지만, 실상은 본인의 죄가 드러나는 것만 염려하는 꼴이었다. 내다 버린 양심을 찾기엔 이미 너무 돌아서 온 듯하다.

"인간들이란 역시 구제불능이야."

잠자코 있던 퀸이 보다 못했는지 한마디 내뱉었다. 나단을 보는 그의 표정은 간신히 구역질을 참는 듯했다.

"어떻게 복수하지?"

이대로 가만히 있자니 억울해서 잠이 올 것 같지가 않았다. 보나 마나 자레드는 모르는 일이라고 잡아뗄 것이 분명하다. 자신도 나단의 거짓말에 피해를 본 거라며 한술 더 뜰 수도 있다. 녀석의 뻔뻔함과 배경이라면 그것이 사실로 둔갑하기는 그리 어렵지 않았다.

"하나만 묻자."

다들 고민에 휩싸인 그때, 에이단이 불쑥 물었다.

"너희가 모여서 논다는 곳, 거기가 어디야?"

"…카드 게임 하는 곳 말이야?"

"응, 어디야?"

"거긴 왜……."

"용서해 달라며. 알려 주면 너에 대해선 입도 벙긋 안 할게."

"정말이야?"

"그렇다니까."

에이단이 믿으라는 듯 고개를 끄덕이자 나단이 잠시 주저하다 고백했다.

"에이단, 약속 지켜 줄 거지?"

모든 얘기를 마치고 기숙사로 돌아가기 전 다시 한번 묻는 나단에게 에이단은 미소를 보이며 약속했다. 녀석은 모르겠지만 그건 진심이었다. 녀석을 응징할 방법은 그것 말고도 존재했다.

"진짜냐?"

당사자인 에이단이 한 약속이니 끼어들지 않았지만, 일라이는 내심 불만이었다.

"응, 약속은 약속이니까."

"아지트는 알아서 뭘 어쩌려고?"

"덮쳐야지, 현장을."

"…우리가?"

"아니, 그들을 벌할 수 있는 누군가가."

그래 봤자 헥터 가문에서 개입하면 가벼운 징계로 마무리되겠지만, 일단 시작은 그러해야 했다.

"그리고 쪽지를 보낼 거야."

"쪽지?"

난데없이 무슨 쪽지?

"슈빅의 힘이 필요한 때거든."

"그 녀석한테 무슨 힘이 있다고 쪽지를……!"

일라이가 묻다 말고 눈을 부릅떴다.

"에이단 너…… 설마 네가……?"

"눈치챈 줄 알았는데, 이제 안 거야?"

"라이, 왜 그래?"

어느 대목에서 놀란 건지 바율은 영문을 알 수 없었다.

"바율, 모르겠어? 이 녀석이야. 이 녀석이 그간 슈빅에게 쪽지를 보냈던 거라고!"

"그러니까 무슨 쪽지?"

"쪽지 하면 뭐 생각나는 거 없어?"

"글쎄, 무슨…… 아!"

불현듯 떠올랐다. 발 빠른 정보통인 슈빅조차 모르는 소식을 귀신같이 알고 알려 준다는 의문의 조력자! 그 조력자의 전달 방식이 바로 쪽지였다.

"에이단, 그럼 네가 조력자……!"

되짚어 보면 이거야말로 말이 된다. 동물과 소통할 수 있는 능력을 지닌 에이단. 그들에게서 정보를 얻을 수 있는 녀석이야말로 조력자에 가장 적합한 인물인 것이다.

자레드와 억지로 체스를 두어야 했던 그 밤, 장소는 세바스티앙이 산다는 까마귀 둥지였다. 분명 다른 사람은 아무도 없었는데 마치 그 자리에 있었던 것처럼 그날의 일이 교내에 퍼졌다.

누굴까? 어떻게 봤을까? 의문투성이였는데 이제 모든 아귀가 들어맞는다.

사실 너무도 간단한 문제였다. 그날의 일을 세바스티앙이 보았고, 에이단이 전해 들었던 것이다. 그리고 슈빅에게 쪽지를 보낸 것이고.

"유독 자레드에게 반하는 정보만 골라 준 것도 그래서였어!"

"훗, 재밌군."

흥미롭다는 듯 퀸이 피식 웃었다.

"오늘 이 녀석의 비밀에 대해 너무 많이 알게 된 것 같은데?"

집안이며 동물과의 교감 능력, 거기에 비밀스러운 활동까지. 녀석을 잘 안다고 생각했는데 엄청난 착각이었다.

"근데, 에이단. 슈빅에게 알려서 뭘 어쩌겠다는 거야?"

"아무렇지도 않게 이번 일이 넘어간다면 너무 분하지 않겠어?"

"헥터 공작 때문에 일을 크게 키우진 못할 텐데."

"그건 아카데미 측 입장이고. 우린 아니잖아?"

에이단의 눈동자가 영민하게 빛났다.

"전교생에게 알려 주자고. 자레드 자식이 어떤 짓을 벌였는지."

"시끌벅적하게 만들자는 얘기구나?"

"교수님들이 쉽게 넘어가지 못하도록 말이지?"

"괜찮은데?"

"나도 찬성."

"퀸은?"

"꽤 볼만하겠군."

무시로 일관하긴 했지만 퀸이라고 왜 자레드가 싫지 않 겠는가. 좋은 구경거리는 그 역시 놓치고 싶지 않았다.

"그럼 제일 먼저 우리가 해야 할 일은 말이야……."

한 녀석을 엿 먹이기 위한 원대한 계획이 그렇게 차츰 시 작되었다.

Chapter 9.
드디어 만나다

1.

다사다난한 며칠이 흘렀다. 이른 아침부터 본관 게시판에 붙은 공고 때문에 아카데미가 시끌벅적했다.

"야, 너희 들었어? 상벌 위원회가 열린다며? 진짜냐?"

"도박판을 벌였다잖아. 당연히 열려야지!"

"그래도 자레드인데 진짜 열리겠어? 걔네 집에서 가만히 있겠냐고."

"가만히 안 있으면 어쩔 건데? 이번엔 그리 쉽게 넘어가지 못할걸? 전처럼 또 상벌 위원회가 취소되면 전교생이 들고일어날 거다."

"맞아, 이번엔 도가 지나쳤어. 노름에 술에 창녀까지. 어우, 상상만 해도 무섭다. 한두 번 그런 것도 아니라면서?"

"벌써 그러고 놀면 커서들 어쩌려고 그러는지, 쯧쯧."

"듣자 하니 4학년 선배들도 있었다던데, 그 선배들 졸업은 할 수 있을까?"

"내가 알 게 뭐냐? 난 이참에 자레드 자식 징계받는 꼴이나 봤으면 좋겠다."

"정학 처리되면 무조건 유급이니 내년부터는 학년이 달라지겠네. 그거 하나는 마음에 든다!"

"아버지 믿고 설치더니 쌤통이지, 뭐. 걔가 애들을 좀 괴롭혔냐? 에이단에겐 도둑이라고 누명까지 씌웠잖아!"

"나도 들었어. 에이단이 훔쳤다던 물건이 도박판에서 나왔다지? 그건 진짜 심하지 않냐? 자기가 훔쳐 놓고 어떻게 멀쩡한 사람을 도둑으로 몰아?"

"에이단은 뭐래? 걔네 집에선 아무 말 없어?"

"그동안 말 안 한 거 보면 모르겠냐? 에이단은 변한 게 하나도 없어. 도서관 일도 여전히 한다던데?"

"진짜 특이하다. 아니, 대단한 건가? 나 같으면 엄청 빼겼을 텐데 신기하단 말이야."

"그런 어마어마한 배경을 지니고 평범한 척하는 것도 보통은 아니야."

"쉿, 조용! 저기 온다."

"…뭐?"

"에이단 온다고, 인마."

승마장에 모여 있던 아이들의 말소리가 급격히 줄어들었다. 다들 아닌 척하고 있지만, 그들은 하나같이 같은 곳을 보고 있었다.

"어이, 사기꾼! 이제 오냐?"

숙덕대던 아이들 틈에서 손을 번쩍 들며 슈빅이 튀어나왔다.

"안녕, 바율! 퀸도 안녕…….."

"응, 슈빅. 안녕!"

반갑게 인사하던 슈빅이 퀸과 마주하자 살짝 움츠러들었다. 물론 퀸은 전혀 신경 쓰지 않는 눈치였다.

"그 사기꾼 소리 좀 그만할 수 없냐? 말을 안 한 것뿐이라니까."

에이단은 진절머리가 났다. 사건이 있던 날부터 지금까지 슈빅이 만나기만 하면 하루에도 몇 번씩 사기꾼이라 놀리는 통에 이제는 자신마저 정말 사기를 쳤나 의심이 일 정도였다.

"너만 보면 속은 기분이 드는 걸 나보고 어쩌라고?"

"그랬다고 치자. 근데 그래서 내가 너한테 무슨 피해라도 줬어?"

"당연히 줬지!"

"…뭐라고?"

"내 명성에 금이 갔잖아! 이 아카데미에서 내가 모르는 게 있다니, 말이 되냐? 그것도 그런 엄청난 사실을!"

"나 참, 누가 보면 내가 되게 잘못한 줄 알겠네."

에이단으로선 기가 찰 노릇이었다.

"너 아직 사과도 안 했거든?"

"이게 사과까지 할 일이냐? 적당히 좀 해라. 내가 자존심도 회복시켜 줬구먼, 알지도 못하면서."

"뭔 소리냐? 무슨 회복?"

자레드의 만행을 네가 누구 덕분에 그렇게 상세히 알게 됐는데! 전부 내가 차려 준 밥상이거든? 내가 네 녀석한테 물어다 준 거라고!

진정 목구멍까지 이 말이 차올랐다가 사라졌다. 조력자의 정체가 자신인 것을 알면 이 녀석이 또 얼마나 개 난리를 피울지, 에이단은 생각하고 싶지도 않았다.

"앗, 교수님 오신다!"

때마침 슈빅의 등 너머로 재닛 교수님의 모습이 보였다.

"야, 뭔데! 얘기해 보라니까?"

"아, 몰라. 나중에."

"아 씨, 사람 궁금하게 만들고 치사하게 이러기냐?"

"저기 교수님 오신다니까? 오늘 시험인 거 잊었어? 정신 좀 차려!"

"헉, 맞다!"

에이단을 원망하느라 깜박했다. 오늘은 중간고사 성적에 포함되는 승마 실기 평가가 있는 날이었다. 기사학부인 슈빅에겐 더없이 중요한 시험이었다.

"내가 실수하면 그건 다 에이단, 너 때문이야. 알겠냐?"

"네가 승마에 소질이 없다는 건 나도 알고 교수님도 아시거든? 남 탓하기 전에 연습이나 더 하셔. 쓸데없는 데 관심 끄고!"

"헐, 이게 승마 좀 한다고 친구한테 막말을…… 어라? 로건이네?"

두 친구 간에 오가는 대화를 웃으며 지켜보던 바율의 고개가 번개처럼 돌아갔다. 순간 귀를 의심했다. 자신이 제대로 들은 게 맞는지 확인이 필요하다.

'로, 로건……!'

바율의 시선이 어느 한 지점에 못 박히듯 고정되었다. 진짜 로건이었다. 2년 만이지만 바율은 한눈에 알아볼 수 있었다.

어려서부터 또래보다 머리 하나는 더 컸던 로건은 여전히 키가 컸다. 등을 감싸던 긴 머리칼도, 자신감 넘치던 걸음걸이도 그때와 똑같았다.

두근두근.

로건과 가까워질수록 바율의 심장이 고동쳤다. 빨리 마주하고 싶다. 황금색으로 빛나던 녀석의 눈을 보며 말하고 싶었다.

보고 싶었어, 아주 많이.

잘 지냈니?

그리고…… 아직도 날 원망하니?

"이상하네. 당분간 승마는 못 할 거라고 했는데. 이제 다 나은 건가?"

간발의 차이로 재닛 교수보다 로건이 먼저 승마장에 도착했다. 그는 바율 쪽으론 눈길조차 주지 않고 뒤로 가 섰다.

"낫다니? 저 자식 언제 다쳤었어?"

"몰랐어? 대련하다가 팔목 인대가 늘어났다잖아. 그래서 그동안 승마 수업 빠졌던 건데?"

"…피한 게 아니고?"

"피해? 뭘?"

슈빅이 미간을 모으며 로건을 돌아봤다.

"여기 로건이 피해야 할 게 있어? 뭔데, 그게?"

"아니…… 뭐, 핑계라는 것들이 좀 그랬잖아. 인대 늘어난 것만 해도 그래. 저 자식이 대련하다가 다쳤다는 게 말이 되냐? 상대가 누구였는데?"

말하다 보니 대단히 수상쩍다. 인정하기 싫지만 로건은 아카데미 내에서 손꼽히는 실력자였다. 세이모어 백작가는 대대로 위대한 검사를 배출한 무가였다. 그런 가문의 비전을 이어받은 녀석의 실력은 학기 초부터 이미 유명했다.

한데 단순 대련에서 부상을 입었다?

에이단은 별로 믿음이 안 갔다.

"음, 고랭이라던가? 우리랑 같은 기사학부인데 특별한 애는 아니야."

"어쩌다가 다쳤는지는 알아?"

"글쎄, 거기까진 모르겠는데. 왜 그러는데? 꼬치꼬치 묻는 게 어째 좀 의심스럽다? 뭐냐? 얼른 이 형님에게 털어놔 봐!"

슈빅의 눈빛이 호기심으로 번쩍였다. 아쉬운 점이라면 그 호기심을 충족시킬 시간이 부족하단 것이었다.

"빠진 사람 없겠지?"

재닛 교수가 학생들을 빙 둘러보고는 곧바로 실기 평가에 들어갔다. 순서는 무작위였다. 교수님이 호명하면 서너 명의 아이들이 불려 나가 같이 시험을 보는 방식이었다. 언제 차례가 돌아올지 모르기에 긴장을 늦출 수 없었다.

"바율, 어디 가!"

점수 판정을 위해 재닛 교수가 승마장 중앙으로 이동하자, 바율이 그 틈을 타 급히 옛 친구에게로 향했다.

"로건!"

아이들이 그런 바율을 힐긋거렸다. 입학한 이래로 늘 같은 친구들하고만 어울렸던 바율이 무슨 일로 아카데미 최고 인기남인 로건에게 말을 거는지 궁금한 눈치였다.

"나야, 바율. 알아보겠어?"

로건을 올려다보는 바율의 얼굴엔 떨림이 가득했다. 기다리고 기다렸던 친구와의 만남. 어떤 말을 건네야 할지 머릿속이 아득하다.

"우리 이게 얼마 만이야? 잘 지냈어?"

바율의 연이은 질문에 꼿꼿이 앞만 보고 있던 로건의 고개가 드디어 움직였다.

"…바율."

"응, 로건. 나야!"

마침내 로건이 입을 열었다. 그리웠던 목소리. 굵직하게 울려 나오는 낮은 저음이 한순간에 바율을 옛 시절로 데려갔다.

"신전에 왔었다며? 왜 그냥 갔어. 그동안 내가 얼마나 보고 싶었는데!"

지금껏 로건은 바율을 피하기만 했다. 그런 그가 수업에 참여했다는 것은 더는 그러지 않겠다는 뜻이고, 그것은 곧 바율에게 마음을 열겠다는 의미다. 벅찬 기쁨에 바율의 말소리가 커졌다.

"…미안."

"어? 아니야! 미안하긴! 그건 내가 할 말이지."

로건의 사과에 바율은 깜짝 놀라 덧붙였다.

"고맙단 말도 못 했잖아. 걱정만 끼치고. 와 줘서 고마웠어."

그렇게라도 네 진심을 알 수 있어서 내가 얼마나 행복했는지 넌 모를 거야.

"참, 팔목 인대 다쳤다던데 이제 괜찮은 거야?"

"…응."

"다행이다. 네 승마 실력은 보나 마나겠지?"

어릴 때부터 말 하나는 기가 막히게 타던 로건이었다. 어디 승마뿐인가. 검술은 물론이고 마법에까지 재능을 보인 천재였다. 머리도 좋아서 그때 이미 할 줄 아는 외국어가 둘 이상이었다.

바일과 셋이 함께 무언가를 배울 때 바율이 늘 뒤처지는 편이었다면, 로건과 바일은 모든 면에서 두각을 보였다. 누가 더 낫다고 할 수 없을 만큼 항시 비슷한 성취를 내던 둘은 친구이자 최고의 경쟁 상대였다.

"그러고 보니 기드온은 어때? 당연히 잘 있겠지?"

"…어."

"혹시 같이 왔어?"

끄덕.

"그랬구나. 좋겠다. 난 재스퍼랑 같이 못 왔는데……."

"기드온? 그게 뭔데? 재스퍼랑 같은 가드견이야?"

몇 발짝 떨어져서 둘의 대화를 구경하고 있던 슈빅이 더 이상 참지 못하고 끼어들었다. 그러잖아도 전부터 궁금했다. 바율이 기절하던 날, 신전을 향해 미친 듯이 달려가던 로건의 뒷모습이 아직도 생생하다.

"너희 전부터 알던 사이야? 언제? 아니, 그보다 어떻게?"

누가 봐도 전혀 어울리지 않는 조합이었다. 병약 미소년과 천재 검객 소년이라니. 둘의 공통점이라면 빵빵한 배경을 지녔다는 것 정도였다.

"혹시 친척이냐? 성이 다른 걸 보면 외척?"

"그냥 옛날부터 집안끼리 잘 알고 지내는 사이란다. 됐냐?"

로건이 등장한 순간부터 얼굴 가득 인상을 찌푸리고 있던 에이단이 바율을 지키고자 어쩔 수 없이 나섰다.

"오, 에이단. 넌 이미 알고 있었나 보네?"

"그게 중요해?"

"당근 중요하지! 엄청 흥미로운 조합이잖아!"

"나는 네가 더 흥미롭다! 넌 대체 그딴 게 왜 궁금하냐?"

"궁금하니깐 궁금한 거지, 궁금한 데에도 이유가 필요해? 고기를 먹으면 고기 맛이 나듯이, 궁금한 일이 생기니까 궁금증도 생기는 거야."

말 같지도 않은 궤변이었다. 그럼에도 묘하게 설득력 있게 들리는 걸 보면 녀석의 병은 고칠 수 없는 게 분명했다.

"아무튼, 됐고! 로건, 바율, 너희……."

"슈빅 태서턴!"

그때, 하늘의 도우심이었을까? 다음 차례를 알리는 소리가 승마장에 널리 울려 퍼졌다.

"헛! 왜 벌써 나지?"

슈빅이 안색이 순식간에 어두워졌다.

"네가 하도 시끄럽게 구니까 교수님이 부르신 모양이다. 그러게 내가 진작 정신 챙기랬지?"

"으아, 나 어떡하지? 승마는 진짜 자신 없는데!"

"기사학부란 녀석이 잘하는 짓이다. 잔말 말고 얼른 가기나 해!"

에이단이 한쪽 발로 슈빅의 엉덩이를 찼다.

"너 이따가 내가 복수할 거야!"

울상이 된 와중에도 많이 억울했던지 슈빅이 복수를 다짐하며 시험장으로 걸어갔다. 그런 녀석의 뒷모습이 흡사 도살장에 끌려가는 황소 같아 잠시 딱하단 생각이 들었지만, 녀석의 수다를 떠올리자 그 생각은 단박에 싹 사라졌다.

"쯧쯧, 저러다 낙마하는 건 아닌지……."

"에이단은 한 번도 안 해 본 걱정이지?"

바율에게도 승마는 가장 자신 없는 과목 중 하나였다. 가능만 하다면 에이단의 능력을 잠시 빌려 오고 싶은 심정이랄까.

"나? 아무래도 뭐 그렇지."

"좋겠다. 에이단도, 로건도. 나도 둘처럼 말을 잘 타면 좋았을 텐데……."

"헐, 바율. 저 자식이 무슨 말을 잘 탄다고 그래?"

"응?"

"지금 나랑 저 자식이랑 비교하는 거야?"

이보다 불쾌했던 적은 평생 없었다는 듯 에이단이 두 눈을 희번덕거렸다. 핏발까지 서린 게 진심으로 언짢은 듯했다.

"미, 미안, 에이단."

뭘 잘못한 건지는 모르겠지만 바율은 일단 사과부터 했다. 잘 욱하는 녀석의 성격상 먼저 진정시킬 필요가 있었다.

"야, 로건! 네가 말해 보지 그래? 네가 날 승마로 이길 수 있을 것 같냐?"

갑자기 화살이 로건에게로 날아갔다. 녀석의 말투는 거의 시비조였다.

그래서였을까. 이제껏 어떤 말에도 별 반응 없던 로건이 시선을 내리깔며 대꾸했다.

"내가 질 것 같지는 않은데."

"뭐야?"

에이단이 퉁기듯 뛰어오르며 쇳소리를 낸 것은 너무도 당연했다. 세상에서 절대로 지고 싶지 않은 사람 딱 한 명을 뽑으라면 그게 로건이기 때문이다. 녀석에게만은 죽어도, 기필코 이겨야만 했다.

"수업도 맨날 빼먹었으면서 날 이길 수 있다고? 그건 어디서 나오는 자신감이냐?"

"글쎄. 걷기도 전에 말 타는 것부터 배웠다고 하면 설명이 되려나?"

"하아, 그러세요?"

"저 정도 장애물은 눈 감고도 넘지."

"그래서 거짓말까지 쳐 가며 안 나왔냐? 너 팔 다친 거 다 뻥이지? 하나도 안 다쳤지?"

"에이단, 왜 이래……."

"실은 바율 피한 거잖아. 아니야?"

만류하는 바율을 밀쳐 내며 에이단이 일갈했다.

"피할 거면 끝까지 나타나지를 말던가! 그렇게 도망 다니더니, 시험은 왜 보러 와? 유급당하긴 싫었나 보지?"

바율이 로건을 얼마나 기다렸는지 에이단은 잘 알고 있다. 그래서 열이 난다. 아까부터 지켜봤지만 반가워하는 건 바율 혼자였다. 로건은 눈길 한 번을 온전하게 주지 않았다. 말투며 행동 하나하나에 무관심이란 세 글자가 덧씌워져 있었다.

로건을 만난 기쁨에 바율만 그 사실을 인지하지 못할 뿐, 누가 봐도 로건은 바율에게 관심이 없었다.

"재수 없는 놈! 얼마나 잘났다고 오랜만에 보는 친구한테 그렇게 뻣뻣하게 굴어? 바율이 그동안 맘고생을 얼마나 한 줄 알아? 내가 진짜……!"

"그만! 에이단, 그만해!"

바율이 소리쳤다.

"로건은 아무 잘못 없어! 다 나 때문이란 말이야. 내가…… 나 때문에 그런 거라고! 그러니까 제발…… 그만해."

바율의 애원은 거의 절규에 가까웠다. 큰소리라곤 누군가를 부를 때나 내던 바율이기에 에이단은 적지 않은 충격을 받았다.

"이렇게밖에 못 하나?"

잔뜩 화가 난 재닛 교수님의 목소리가 들린 것은 그때였다.

"에이단! 로건! 라나사!"

그녀가 별안간 세 사람을 호명했다.

"저 셋을 한꺼번에?"

"대박!"

흩어져 있던 아이들이 우르르 중앙으로 몰려들었다. 에이단, 로건, 라나사. 이들 셋은 기사학부의 에이스였다. 승마면 승마, 검술이면 검술, 뭐 하나 빠지는 것 없이 월등해서 학부 첫 수석을 누가 차지할 것인가가 현재 초미의 관심사였다.

"뭐 해? 안 가?"

바율의 절규에 주춤하던 에이단을 현실로 이끈 것은 퀸이었다. 그가 교수의 부름에도 꿈쩍 않고 바율만 보고 있는 에이단의 어깨를 툭 쳤다.

"저쪽이야."

퀸과는 어울리지 않는 친절이었지만 그런 것을 따질 여력이 없었다. 돌아보니 라나사는 벌써 움직이고 있었다. 에이단과 로건이 서로를 한번 힐긋거리더니 서둘러 라나사를 따라갔다.

"누가 이길까? 에이단? 아님 로건?"

"라나사는 왜 빼는데? 여자라고 무시하냐?"

"무시가 아니라 냉정하게 보는 거지. 전략이나 전술 시험이면 몰라도 실기 평가잖아. 라나사가 남자들 속도를 따라올 수 있겠냐?"

"지금 승마 시험이거든? 똑같이 말 타고 달리는 건데 여자 남자가 무슨 차이냐?"

"애가 뭘 모르네. 여자랑 남자는 기본 근력이 다르잖아! 라나사가 아무리 뛰어나도 저 둘한테는 안 될걸?"

"너야말로 모르는 소리. 승마는 체력과 근력으로 하는 게 아니야. 말과의 교감, 즉 소통으로 하는 거지. 라나사의 별명이 얼음 여신이지만, 말한테는 얼마나 다정한지 모르지? 눈에서 완전 꿀이 뚝뚝 떨어지더라니까? 뭘 모르면 가만히나 있어!"

세 사람이 각자의 말을 타고 출발 선상에 섰다. 그 사이 모여 있던 아이들 간에 약간의 설전이 벌어졌다. 양상은 거의 여학생 대 남학생이었다.

라나사가 일등으로 들어와 여자로서의 위상을 세워 줬으면 하는 게 여학생들의 바람이라면, 남학생들은 에이단과 로건이 나란히 1, 2위를 기록해 라나사에게 무너진 그들의 자존심을 갚아 주었으면 하는 욕심이 있었다.

"셋 다 준비되었겠지?"

"네!"

재닛 교수의 물음에 세 사람이 동시에 고개를 끄덕이며 대답했다. 각자 준비한 말안장에 올라 신호를 기다리는 모습이 흡사 결전을 앞둔 장수들 같았다.

"앞서 달린 녀석들의 실력이 하도 형편없어서 너희 셋을 불렀다. 부디 실망시키지 않았으면 좋겠구나."

재닛 교수가 너희도 보고 잘 배우라는 듯 뭉쳐 있는 학생들을 향해 손을 들어 시작점을 가리켰다.

"그럼, 출발!"

잠시 후, 그녀의 호령과 함께 세 사람의 말이 동시에 땅을 박차고 달려 나갔다.

Chapter 10.
그날의 진실

1.

"에이단!"

마지막 남은 학생까지 실기 평가를 마치자 기다렸다는 듯 종이 울렸다. 말 붙일 틈이 없어 시험 내내 눈치만 살피고 있던 바율이 재닛 교수가 돌아서기 무섭게 에이단에게로 달려갔다.

"아까는 미안해. 그렇게 소리치는 게 아니었는데……."

바율은 진심 어린 목소리로 사죄했다.

"내가 너무 경솔했어. 날 위한 마음이었을 텐데, 나도 모르게 그만……."

"여기 이렇게 있어도 돼?"

"응?"

"로건 말이야. 저기 가고 있는데."

에이단이 곁눈질로 가리키는 곳에는 로건이 긴 머리칼을 휘날리며 걸어가고 있었다. 쫓아가고 싶은 마음이야 당연히 있다. 하지만 지금은 사과가 먼저였다.

"에이단, 정말 미안해. 전부 내 잘못이야. 내가 부족해서……."

"됐어, 그만해."

"에이단, 내가……."

"됐다니까. 로건에게 달려갈 줄 알았는데 나한테 왔으니까 됐다고. 이해할게."

"…정말이야?"

"그럼 이해하지 말까?"

"아니, 아니!"

눈을 비스듬히 깔며 되묻는 에이단에게 바율은 강하게 고개를 내저었다.

"고마워, 에이단. 며칠 화를 냈어도 달게 받을 작정이었는데 이렇게 이해해 줘서."

"내가 무슨 좀생이냐? 이런 걸로 며칠씩이나 화를 내게? 그냥 좀 서운하고 말 일을."

"서운하게 해서 정말 미안. 핑계처럼 들릴지 모르겠지

만, 로건이 날 피하는 건 전부 내 잘못이야. 내가 그렇게 만들었어. 녀석에게는 아무런 잘못이 없어…….”

“무슨 잘못인데? 대체 뭔 잘못을 했길래 또 그 자식 역성이냐?”

바율이 로건의 편을 들고 나서자 에이단은 다시 기분이 나빠졌다.

“그건…….”

그날의 얘기를 꺼내려니 저절로 입술이 마른다. 2년이나 지난 일이지만 그 일을 담는 건 여전히 어렵다. 아마도 평생을 가겠지.

멀어지는 로건의 등을 멀거니 바라보던 바율은 마침내 결심한 듯 입을 뗐다.

“형이 죽었잖아. 나 때문에…….”

“또 그 얘기야? 너 때문이 아니라고 우리가 누누이 얘기했잖아. 바보처럼 언제까지 그걸 붙들고 있을 건데?”

“알아, 나도. 내가 일부러 그런 게 아니라는 거. 내가 그렇게 되길 바란 게 아니라는 거 나도 너무 잘 알아.”

형 생각에 차오르는 슬픔을 바율은 가까스로 억눌렀다.

“근데 말이야, 사고는 일어났고 그 원인은 나야. 그건 변하지 않아.”

“로건은? 그 자식은 무슨 상관인데?”

"…거기에 있었어."

"거기?"

"형이…… 죽은 곳."

"그럼 같이 있었다는 소리야?"

"내가 기억하지 못한다고 했잖아. 로건에게서 들은 거야. 물에 빠진 날 구하기 위해 강물에 뛰어든 건 형뿐만이 아니었어. 녀석과 형이 함께 날 구한 뒤 형만 그렇게 돼 버린 거야."

로건까지 잘못되었다면 난 어찌 되었을까?

당시엔 형을 잃은 충격에 생각도 못 한 일이지만, 후에 불현듯 그럴 수도 있었단 사실을 자각하고 무서움에 잠들지 못한 나날도 있었다.

"형과 나, 로건. 우리 셋은 어려서부터 형제처럼 자랐어. 여름이 오면 더위를 피해 녀석이 늘 해밀턴으로 피서를 왔거든."

처음 몇 해만 그러했고, 어느 해부터인가는 봄, 여름, 가을, 겨울 할 것 없이 자주 방문했다. 당시 바율은 병자였기에 움직일 수 있는 쪽은 로건뿐이었다.

"형과 로건은 마치 쌍둥이 같았어. 셋이 같은 걸 배워도 둘이 항상 앞서 나갔지. 난 얼굴만 똑같이 생겼을 뿐, 다른 모든 것들은 오히려 바일과 로건이 서로를 똑 닮아 있었어. 그런 로건에게서 내가 형을 빼앗아 간 거야."

아버지에게서도…….

그날의 악몽이 다시금 떠오르려고 한다. 기억하지 못하는, 그래서 상상할 수밖에 없는 그때의 기억. 차라리 모든 걸 망각하고 싶다고 빌고 또 빌었던 추악한 시간들.

"…바율?"

흔들리는 바율의 어깨를 에이단이 붙들었다.

"너 괜찮아?"

안색이 새하얬다. 이마에 송골송골 땀까지 맺힌 게 느낌이 불길하다.

"안 되겠다. 신전으로 가야겠어. 얼른 업혀!"

"아니야."

바율은 손을 들어 에이단의 등을 막았다.

"괜찮아, 난…… 잠시 그냥 어지러운 것뿐이야."

"어지러운 거, 그게 병이잖아! 업혀! 너 당장 쓰러질 것 같단 말이야!"

"이건 누워서 쉬면 돼. 내가 알아, 에이단."

예전이라고 이런 상황이 왜 없었겠는가. 이럴 땐 그냥 시간이 약이었다. 잠시 자고 일어나면 괜찮아질 것이다. 괜한 일로 시끄럽게 만들고 싶지 않았다.

"부탁인데 나 좀 기숙사로 데려다줄래?"

창백한 얼굴로 애써 웃으며 말하는 바율의 청을 에이단도 더는 거절할 수가 없었다.

"에휴! 그래, 알았다."

한숨을 푹 내쉬며 에이단이 기꺼이 바율을 위해 오른팔을 내놓았다.

2.

"이 녀석, 왜 이래?"

마법학부 수업이 끝나고 기숙사로 돌아온 일라이를 맞은 것은 침대에 누워 끙끙 앓고 있는 바율이었다. 이마를 짚어보니 몸이 불덩이처럼 뜨겁다.

"이 정도면 치료실로 진즉 갔어야지, 여기 이렇게 두면 어떡해! 내가 업을 테니까 너희가 일으켜 세워 봐."

"됐어, 라이. 그냥 둬."

"뭐?"

허리를 굽히다 말고 일라이가 고개를 팩 꺾었다. 안 그래도 화딱지가 나는 상황인데 그게 무슨 망언이냐는 기색이었다.

"바율이 신전에 가기 싫다고 해서 이리로 온 거야. 나라고 가만히 있었겠어?"

"아무리 그래도 데려갔어야지! 넌 이 앓는 소리가 안 들려?"

"본인이 싫다는데 난들 어쩌겠어? 이 녀석 고집 은근 센 거 너도 알잖아."

"아침에만도 멀쩡하던 애가 갑자기 왜 이러는 건데? 전 시간에 무슨 일 있었어?"

일라이의 기습 질문에 에이단이 힐끗 퀸을 쳐다봤다.

"뭐야? 뭔데 퀸을 봐?"

둘만 알고 자신은 모르는 어떤 사실이 있다는 뜻이었다. 뜸 들이는 에이단을 대신해서 퀸이 대답했다.

"로건이던가?"

"로건? 걔는 왜?"

"나왔더군."

"나오다니? 어딜?"

홀로 묻기도 잠시, 일라이가 이내 알아차렸다.

"아! 로건이랑 바율이 만났다는 얘기구나?"

끄덕.

"근데 왜? 이 녀석 로건이랑 만나고 싶었던 거 아니야? 설마 둘이 싸웠어?"

"아니, 그런 건 아니야. 일방적으로 한쪽만 반가워하긴 했지만, 어쨌든 싸우거나 그러진 않았어."

"그럼 뭔데? 드디어 만났다고 기뻐하며 자랑을 해도 모 자랄 판에 왜 이렇게 아파하는 건데?"

일라이의 인내심이 슬슬 바닥을 보이려 했다. 에이단은 더는 머뭇대지 않고 좀 전에 들은 얘기를 털어놓았다.

"…그러니까 로건이 그 자리에 있었다고?"

"그 자식이랑 바율 형이 함께 바율을 구했나 봐. 바율은 기억을 못 한다고 했잖아. 전부 로건이 말해 준 모양이야."

친구의 입을 통해 진실을 전해 들었을 바율의 심정이 어땠을지 에이단은 차마 짐작할 수 없었다.

"로건을 만난 건 정말 기뻐하는 것 같았어. 그러다 안 좋은 기억까지 떠올리고 만 거지. 괜히 내가 나서는 바람에 그렇게 된 것 같아 마음이 좀 그래."

녀석을 너무 몰아붙인 건 아닌지 뒤늦은 후회가 밀려들었다.

"거기서 넌 왜 나와? 별 상관도 없구먼."

걱정은 바율만으로도 벅차다. 에이단까지 위로할 정신이 지금의 일라이에겐 없었다.

"일단 바율 다음 수업이 뭐였더라? 예절 학습이던가?"

"응, 스톤 교수님."

"알았어, 교수님껜 내가 가서 말씀드릴게. 다음은 점심시간이니까 여기서 다시 모이는 걸로 하자."

"난 약이라도 구해 볼게. 신전에 가기 싫다고 하니 약초라도 얻어 와야겠다."

곧 종이 칠 시간이었다. 아픈 녀석을 홀로 두고 가려니 발길이 쉬이 떨어지지 않는다. 잠든 바율을 내려다보는 그들의 얼굴엔 제각각 근심, 연민, 염려가 담겨 있었다.

"나쁜 꿈을 꾸는 것 같아."

그 꿈이 어떤 꿈일지 짐작이 간다는 게 문제였다. 녀석이 얼마나 괴로울지 생각하니 마음이 무겁다. 잘 이겨 내야 할 텐데.

뎅— 뎅— 뎅—

그때 수업 시작을 알리는 소리가 들려왔다. 다들 애써 바율에게서 시선을 거두고 다음 수업을 위해 움직였다.

찰칵.

그런데 어쩐 일인지 함께 방을 나섰던 퀸이 다시 돌아와 바율 앞에 섰다. 여전히 악몽 속에서 헤매는 듯 바율이 인상을 찌푸리며 신음했다.

"바보 같기는……."

퀸으로선 도무지 이해가 안 가는 일이었다. 죽음은 누구에게나 찾아오는 것이다. 거기에 당연히 순서는 없다. 정해진 시기만 있을 뿐.

바일은 그저 때가 되어서, 운명이 그러했기에 그리 간 것이다. 퀸은 그렇게 믿는다.

"네 잘못이 아니야."

바율이 가장 듣고 싶은 말.

하지만 온전히 받아들일 수도 없는 말.

녀석을 세뇌라도 시키듯 퀸이 계속해서 그 말을 되풀이했다.

"네 잘못이 아니야……."

아련한 떨림이 섞인 그 목소리 탓이었을까. 어느덧 잠든 바율의 얼굴에 평화가 찾아왔다. 반대로 퀸의 안색은 거무죽죽 칙칙하게 변해 갔다.

3.

모든 학생이 각자의 스케줄에 따라 수업을 받고 있을 시각. 바율과 마찬가지로 텅 빈 기숙사 방에 홀로 남아 괴로워하는 이가 있었다.

"흐흑, 바일……!"

그 주인공은 로건이었다. 그가 바닥에 주저앉아 얼굴을 무릎에 파묻고 울고 있었다. 조금 전 승마장에서 보였던 자신감 넘치는 모습은 찾으려야 찾을 수가 없었다.

처량한 울음소리와 떨리는 어깨, 나약한 몸짓. 로건이 맞는지 의심이 일 정도였다.

그러길 얼마나 지났을까.

로건의 울음이 서서히 잦아들 무렵, 어둡던 방안에 갑자기 은은한 불빛이 생겨났다. 정확하게는 침대 위 단도에서 흘러나오는 것이었다.

검신은 초승달처럼 휘어져 있고 손잡이에 검은 표범이 새겨진 단도였다. 흑철로 만들어진 듯 몸집 전체가 까맸는데, 곳곳에 글자인지 그림인지 알 수 없는 문양이 조각되어 있었다. 값비싼 보석 같은 건 전혀 달리지 않았지만, 한눈에 봐도 범상치 않은 칼임을 알 수 있었다.

―로건…….

놀라운 일이 벌어진 건 그다음이었다. 사람이라곤 로건 혼자뿐인 공간에서 별안간 남자의 목소리가 깊게 울려 퍼졌다.

일반적인 사람의 소리가 아니었다. 목에 무언가 낀 듯 매우 탁했고, 느린 말투에 음색의 고저가 거의 없다. 마치 딴 세상에서 말을 거는 듯한 느낌이랄까.

―혹시…… 바율을 만난 것인가…….

남자의 음성엔 걱정이 가득했다. 그래서일까. 로건의 고개가 느리지만 조금씩 위로 들려졌다.

"기드온……."

―그래…… 말해라.

그는 언제든 들을 준비가 되어 있었다.

"녀석이…… 날 보더니 달려왔어."

로건이 젖은 눈썹을 들어 허공을 바라보며 읊조렸다.

"무척이나 반가운 얼굴로 자기를 알아보겠느냐며……
잘 지냈느냐고 묻더라고."

―…그래서?

"그래서? 훗."

로건의 입에서 웃음인지 울음인지 모를 소리가 튀어나왔다.

"그냥 고개만 끄덕였어. 그런 바보 같은 질문이 세상에
어디 있어? 내가 바율을 몰라보다니, 그게 말이 돼?"

2년의 세월은 그에게 아무 의미가 없었다. 예전이나 지
금이나 로건에게 바율은 친구 이상이었다. 언제 어디서든,
어떤 모습을 하고 있든 녀석을 알아볼 것이다.

"기드온, 너에 대해서도 묻더라. 같이 왔느냐고. 자기는
재스퍼를 두고 왔다고."

―재스퍼라면…… 그 꼬마 가드견을 말하는 건가? 이제
는 많이 컸겠군.

"아마도."

―몸 상태는…… 괜찮아 보이던가?

"글쎄…… 크게 아파 보이진 않았지만, 지금은 모르
지……."

실기 평가가 끝나자마자 도망치듯 그곳을 벗어났다. 에

이단에게 전부 본인 잘못이라며 자신을 변호하던 녀석을 내팽개치고 혼자 살겠다며 내뺐다.

형의 죽음을 떠올리고 고통스러워할 게 뻔한 녀석을 외면한 채 홀로 여기로 숨어든 것이다. 무슨 정신으로 시험을 봤는지도 모르겠다. 오늘 수업에 나간 것 자체가 문제였다.

"역시 이곳에 오는 게 아니었어. 아무리 아버지 명령이라도 끝까지 거부했어야 했는데!"

지금 후회해 봤자 소용없는 일이지만, 이렇게 되고 나니 원망할 대상이 필요했다. 할 수만 있다면 지금이라도 그만두고 돌아가고 싶다.

─언제까지 피할 수만은 없다…… 너의 죄책감이 널 더 망가뜨릴 거야…… 난 그걸 두고 볼 수만은 없다…….

"이제라도 고백하라는 거야?"

─…그래.

"어떻게? 뭐라고?"

로건의 감정이 격앙되었다.

"너무 보고 싶었다며 2년 만에 만나서도 내 팔목 걱정부터 해 주는 녀석이야. 그런 녀석에게 내가 네 형을 죽게 만든 원흉이라고! 기억도 못 하는 네게 내가 전부 뒤집어씌운 거라고! 그렇게 말하라고?"

토악질을 하듯 로건이 소리쳤다.

무척이나 화창했던 그 날.

셋이 함께 소풍을 가는 건 처음이라며 들떠 있던 그날.

끔찍한 기억이 시작된 그 날.

2년 전 그날로 로건의 머릿속이 돌아갔다.

4.

"오늘 날씨 끝내준다. 우리 날 진짜 잘 잡은 것 같아. 그
치?"

"바율, 너 진짜 괜찮은 거 맞아? 힘들지 않아?"

"아이 참, 보면 몰라? 몸이 이렇게 가벼웠던 적이 없다
니까 그러네!"

"소풍 가고 싶어서 거짓말하는 거 아니지?"

"바일, 나 못 믿어?"

"믿어."

"근데 왜 자꾸 물어봐. 나 정말 괜찮다니까?"

바율은 부러 번쩍 짐을 들어 올렸다.

"보여? 나 멀쩡하대도?"

"로건."

"응!"

바일의 부름에 로건이 훌쩍 다가와 바율에게서 짐을 가져갔다.

"어? 로건, 그건 내가 들게!"

"내 손이 너무 가벼워서 그래."

"가볍기는! 로건은 물통까지 들고 있잖아!"

"난 손이 허전하면 기분이 이상하더라고. 그러니까 바율 네가 양보해라. 응?"

"그게 무슨 양보야. 나 때문에 둘만 고생하는 거지."

바일의 손에도 낚시 도구가 한 짐이었다. 양손이 자유로운 건 바율뿐이다.

"나 정말 들 수 있는데……."

바율이 불만을 드러내자 바일과 로건이 몰래 눈빛을 주고받았다.

'어떡하지? 다시 돌려줘?'

'아니, 안 돼. 금방 지칠 거야.'

'그럼 어쩌자고?'

방법은 멀지 않았다. 뾰로통해 있는 동생을 위해 바일이 길게 휘파람을 불었다.

"왈왈!"

"재스퍼!"

숲 속 탐방에 빠져 정신없이 주변을 헤매고 있던 재스퍼
가 바일의 신호에 득달같이 달려왔다. 그리고 재스퍼라면
자다가도 벌떡 일어나는 녀석답게 바율이 두 팔 벌려 재스
퍼를 안았다.

"신기한 거 많이 보고 왔어? 아무거나 막 주워 먹고 그
러진 않았지?"

"왈! 왈!"

"그래, 그래. 알았어. 이것 좀 떼고."

사정없이 얼굴을 핥아 대는 녀석을 간신히 진정시키며
바율이 재스퍼의 몸에 붙은 나뭇잎들을 털어 냈다.

"많이도 묻었다. 바닥을 아예 굴러다닌 것 같네."

"아직 어리잖아. 다 큰 놈들도 그러는걸, 뭐."

"재스퍼, 그렇게 좋아? 우리 뒷산에 자주 놀러 올까?"

"왈왈!"

"좋아! 앞으로 일주일에 한 번씩은 꼭 같이 오자! 내가
약속할게!"

바율의 장담에 신이 난 듯 재스퍼가 껑충껑충 뛰며 짖었
다. 그런 일이 현실로 일어날 수 없음을 잘 아는 바일이지
만, 굳이 그런 말을 입에 담지는 않았다. 그건 로건도 마찬
가지였다.

"자자, 더 늦기 전에 얼른 가자. 점심으로 생선 구이 해

먹어야지!"

"생선 구이 좋지! 난 한 열 마리 먹을 테다!"

"나는 한 마리!"

"고작?"

"대신 엄청나게 큰 걸로!"

"좋아, 이 형이 잡아 준다!"

바일이 큰소리치며 출발을 알렸다.

"바율, 힘들면 말하기다. 알았지?"

"응!"

로건의 당부에 야무지게 고개를 끄덕이며 바율도 힘차게 일어섰다.

걷다가 신기한 곤충을 발견하면 발걸음을 멈추고 구경하기도 하고, 얕은 냇물에선 신발을 벗고 물장구를 치며 놀기도 했다. 그러다 보니 목적지에 다다랐을 땐 셋 다 배가 고파 말할 기운도 없었다.

"근처에 나무 열매가 있거든. 내가 좀 따 올게."

"같이 가, 형."

"안 돼, 너 그러다 쓰러져. 금방 올게."

이곳은 바일에게 놀이터와도 같은 곳이었다. 바율이 치료를 받거나 몸져누웠을 때 이곳에서 홀로 심심함을 달래곤 했다. 과장을 조금 보태면 눈 감고도 뛰어다닐 수 있는 익숙한 장소였다.

"로건, 바율 좀 부탁해."

"어, 다녀와."

"재스퍼, 가자!"

"왈!"

꼬리를 살랑이며 재스퍼가 바일의 꽁무니를 쫓았다.

"우린 먼저 목이나 축일까?"

"아까 다 먹지 않았어?"

"다시 채우면 되지."

마시기도 하고 뿌리면서 노느라 물통이 비어 버린 지 오래였다. 로건이 잠깐만 기다리라고 하더니 강둑 아래로 훌쩍 뛰어내렸다.

"로건, 조심해!"

"짜식, 이 형이 물에 빠질까 봐 무섭냐?"

"아니, 물살이 제법 센 것 같아서."

"바율, 네가 모르는가 본데 내가 물고기처럼 수영 하나는 끝내주게 하거든? 그러니까 걱정 마!"

로건이 몸을 굽혀 뚜껑을 열고 흐르는 물에 물통을 뉘었다. 그들에게 일용할 식수가 되어 줄 깨끗한 물이 기분 좋은 소리를 내며 물통을 채웠다.

"아마 수영은 내가 바율보다 잘할 거다!"

"진짜?"

"그렇다니까. 내 잠수 실력이 얼마나…… 앗!"

말하는 데 정신이 팔려 그만 뚜껑을 놓쳤다. 물살에 떠밀려 한순간에 멀어진 뚜껑이 다행스럽게도 바위틈에 끼어 찰랑거렸다.

잠시 고민하던 로건은 이내 결정했다.

"잘 봐, 바율!"

"…어?"

말릴 새도 없었다. 로건이 신발을 내던지고는 물속으로 뛰어든 것이다. 그러곤 정말 물고기처럼 자유롭게 헤엄쳐 나갔다.

"우아! 로건 수영 진짜 잘하는구나!"

바일이 진심으로 탄복하던 그 순간, 뚜껑을 손에 쥐고 당당히 헤엄쳐 돌아오던 로건이 갑자기 허우적거리기 시작했다.

"로, 로건?"

바율은 처음엔 장난인 줄 알았다. 하지만 이내 아님을 깨달았다. 장난이라고 하기엔 너무나 괴로워 보였기 때문이다.

"바, 바율! 다, 다리에 쥐가……!"

주변을 살폈지만 던져 줄 만한 게 보이지 않았다. 들어가서 돕는 것만이 유일한 방법이었다.

"기다려, 로건!"

수영이라면 함께 배웠다. 잘하진 못해도 바율 역시 수영을 할 수 있다. 신발과 조끼를 벗어던지고 바율이 급히 물속으로 뛰어들었다.

그러나 바율이 간과한 것이 있으니, 그것은 물의 무게였다. 로건이 있는 곳까지는 무사히 당도했지만, 흔들리는 물속에서 건장한 체구의 로건을 건져 내는 건 애초에 바율에게 무리였다. 벗어나려 발버둥 칠수록 땅에서 더욱 멀어졌다.

"바율! 로건!"

"왈왈!"

때마침 바일과 재스퍼가 돌아왔다. 강둑 위를 서성이며 재스퍼가 미친 듯이 짖었고, 품에 안고 있던 과일이 우르르 밑으로 쏟아졌다.

"조금만 버텨!"

바일이 강물로 뛰어들었다. 그가 물살을 가르며 빠르게 동생과 친구를 향해 나아갔다.

바일이 먼저 구한 건 바율이었다. 동생의 목에 팔을 감고 두 다리와 한 손을 이용해 뭍으로 올라왔다. 물개처럼 빠르고 신속한 움직임이었다.

"혀엉, 로건이……!"

"지금 구하러 갈 거야. 바율, 정신 차려!"

바일은 지체 않고 다시 물속으로 들어갔다. 이미 기운을 거의 소진했지만 머뭇거릴 시간이 없었다. 겨우겨우 로건에게 다가가 숨넘어가기 직전의 녀석을 끌어 올렸다.

"허억, 허억!"

숨이 턱까지 차올랐다. 바율보다 열 배는 무거운 느낌이다. 하지만 바일은 포기하지 않았다. 간신히 끌고 온 로건을 밑에서 바일이 밀고 바율이 위에서 잡아당겼다. 팔다리가 끊어질 것처럼 아팠지만 동생과 친구를 무사히 구출했다는 사실에 깊은 안도감이 들었다.

"헉헉, 로건 너 괜찮지?"

"어, 바일……."

가쁜 숨을 몰아쉬며 로건이 가까스로 대답했다.

"헉헉, 바율은? 바율 너도 괜찮아…?"

"으응, 형……. 나 괜찮……!"

그때였다. 물 밖으로 나갈 힘이 없어 바위에 몸을 기대고 있던 바일이 휘청였다. 이끼에 몸이 미끄러진 것이다.

"어엇!"

"형!"

"바, 바일!"

순식간에 벌어진 일이었다. 바일이 팔을 뻗었지만, 바율과 로건이 손을 내밀기 전에 그만 물살에 떠밀려 갔다.

"왈왈!"

재스퍼가 그런 바일을 미친 듯이 쫓아갔다.

"혀어어엉!"

"바이일!"

바율의 심장이 내려앉았다. 형이 눈앞에서 사라졌다. 잡아야 하는데 잡지 못했다.

"바, 바율!"

어마어마한 충격에 바율은 그대로 혼절했다.

"이익!"

로건은 일어서기 위해 애를 썼다. 바일을 구해야 한다. 자신을 구하느라 힘이 빠져버린 바일에겐 더 이상 수영할 만한 체력이 남아 있지 않을 것이다.

하지만 지쳐 버린 몸뚱이는 말을 듣지 않았고, 그의 비통한 외침만이 산속에 메아리쳤다.

5.

"지금 뭐라 했느냐. 바일이 어찌 되었다고?"

란데르트 공작의 진노에 저절로 몸이 발발 떨렸다. 로건은 그제야 자신이 무슨 짓을 저질렀는지 실감했다.

대 란데르트 공작가의 후계자가 죽었다. 바로 자신 때문에. 동생인 바율도 거의 죽다 살아났다.

이제 난 어떻게 되는 거지?

내 아버지는?

우리 가문은?

간단히 끝날 문제가 아니었다. 영웅의 아들을 죽인 살인자라는 꼬리표가 평생 따라다닐 것이고, 어쩌면 가문이 피바람에 휩싸일지도 모른다. 세이모어 백작가가 아무리 대단해도, 십년전쟁의 종지부를 찍은 란데르트 가문에 비할바는 아니었다.

"바율, 네가 말해 보아라! 바일이 어떻게 된 것이냐!"

"흐흑! 모, 모르겠어요! 아버지, 아무것도 기억이 나질 않아요!"

'기억이…… 안 난다고?'

돌아보는 로건에게 바율이 사정했다.

"로건, 말해 줘. 형이…… 형이 어떻게 된 건지! 아니지? 우리 형 잘못된 거 아니지? 어?"

녀석의 울음 섞인 음성에 잠시 넋을 놓고 있던 로건은 자기도 모르게 사실과 다른 말을 뱉어 냈다.

"가, 강둑에 낚시를 하러 갔는데…… 바율이 실수로 물에 빠졌습니다……. 그래서 저와 바일이 구하려고 들어갔다가…… 저희 둘만 나오게……!"

"하면 바일은 강물에 떠내려갔다는 말이냐?"

란데르트 공작의 고성에 로건은 차마 얼굴을 들지 못하고 고개만 끄덕였다.

털썩!

"형님!"

쓰러지는 란데르트 공작을 동생인 란데르트 자작이 재빨리 부축했다.

"그, 그럼 형은? 형은 어떻게 됐는데?"

바율의 표정이 일그러졌다. 뒤의 말은 들을 필요가 없었다. 녀석의 얼굴이 충격과 공포로 덧씌워진다. 그 아픔이 고스란히 로건의 뇌리에 들어와 박혔다.

더는 바율을 볼 수가 없었다. 녀석에게서 형을 빼앗고 죄까지 뒤집어씌웠다. 그 길로 로건은 해밀턴을 떠났고 다시는 찾지 않았다.

강 하구에서 바일의 시체를 찾았다는 연락을 받았지만 가지 못했다. 도저히 녀석을 마주할 용기가 나지 않았다.

악몽의 시작이었다.

6.

"기드온, 내가 제일 참기 힘든 게 뭔 줄 알아?"

힘겹게 현실로 돌아온 로건은 피식 웃으며 자조했다.

"바율이 기억을 해 낼까 봐…… 그래서 내가 거짓말한 사실이 들통날까 봐…… 두려웠다는 거야. 무서움에 하루하루를 고통 속에서 보냈지. 난 그런 내 자신이 혐오스러워서 견딜 수가 없어."

―로건…….

"난 이렇게 살 자격도 없는 놈이야. 2년 만에 만난 녀석에게 고작 한다는 말이 미안이었다고!"

그간 꾹꾹 눌러 온 자책감이 폭발했다. 바로잡고 싶은데 뭘 어떻게 해야 할지 전혀 모르겠다. 이대로 죽고 싶다는 생각만이 로건을 사로잡았다.

"바일……!"

로건의 흐느낌이 다시금 시작되었다.

〈다음 권에 계속〉

『제왕록』, 『무림에 가다』 시리즈의 작가 박정수
그가 거침없는 현대 판타지로 돌아왔다!

『신화의 전장』

주먹을 믿지 마라.
우리가 살아가는 이 땅에 인간을 벗어난 자들이 존재한다.

dream books
드림북스

전생자

『죽지 않는 무림지존』『천지를 먹다』『마검왕』
베스트셀러 작가 나민채의 신작!

[시간 역행을 하시겠습니까?]
[모든 능력이 리셋 됩니다.]
[날짜를 선택 하여 주십시오.]

"1985년 2월 28일. 내가 태어났던 날로."

dream
books
드림북스

수라전설 독룡

시니어 신무협 장편소설

ORIENTAL FANTASY STORY & ADVENTURE

"하나도 남김없이 모두 죽일 것이다.
놈들을 전부 죽일 때까지 절대로 끝내지 않아."

유구한 역사를 자랑하는 약문(藥門)들의 잇따른 멸문지화.

시체가 산처럼 쌓이고 피가 바다처럼 흐르는
절망의 지옥에서 마침내 수라(修羅)가 눈을 뜬다!

dream
books
드림북스